# たまらん坂
## 武蔵野短篇集

*kuroi senji*
黒井千次

講談社文芸文庫

# 目次

# たまらん坂

## 武蔵野短篇集

# たまらん坂

登り坂と降り坂と、日本にはどちらが多いか知っているかい、とビールのコップを置いた飯沼要助が急に真顔で訊ねて来た。

はて、と虚を衝かれて私は考えこんだ。

日本列島の脊梁には山脈が連っているのであるから、これは当然登り坂の方が多いような気がするが、一方、山の頂きから見下せば常に降り坂だけが足許から延びているわけであり、こちらの数も案外馬鹿にはならないぞ、と首を捻った。

なんだ、登り坂とはつまり降り坂のことではないか、と思い当るまでにほんの僅《わず》かの時間しか費しはしなかったが、それでも相手は私の一瞬の戸惑いを見逃さず、にやりと表情を崩して愉快そうに天井を振り仰いだ。

やられた、とすぐ気がつきはしたものの、その口惜しさより、戸惑いの内にちらりと覗いたなにやらひどく透明な感覚の渦のようなものの方が遥かに強く私を捉えた。留め金が外《はず》れ、ぐらりと視界が動く感じだった。突然生れた渦の底に音もなく吸い込まれていくのに似た奇妙な目眩《めまい》と戦《おのの》きを覚えた。幾重にも重なり合う登り坂の向うに透き通った降り坂の群れが犇《ひし》めき、その間から考えてもみなかった未知の拡がりが浮かび上って来る。

　実際、もしも日本には降り坂の方が登り坂より千九百三十七多いのだ、などと判明した時の驚きはどう説明したらよいのだろう。

　だけどな、とビールのコップの表面についた水滴を親指と人差指の腹でゆっくり撫で下しながら口を開いた飯沼要助の顔には、先刻とは違う妙にしみじみとした表情がにじんでいた。

「真面目な話、坂の数は降りより登りの方がかなり多いんじゃないか、と俺は思っているんだ。」

「どうして。」

　人をひっかけておいて、こいつも存外身体の奥では私と似たようなことを感じているのだろうか。

「夏目漱石の『草枕』の主人公がさ、ほら、『智に働けば角が立つ。情に棹させば流される。意地を通せば窮屈だ。兎角に人の世は住みにくい』って考えたのは、山路を登りながらだったろ。あれがもし降り坂だったら、彼はそんなふうには考えなかったんじゃないのかね。」

「智に働いても角が立たないのか。」

「いや、そもそも降り坂では人間の思考力は働かないのかもしれない。そう、働かないいんだよ。」

「そういえば俺が最近読んだ小説の中には、男というのは坂を降りる時が最も男臭くなるものだ、と書いてあったな。」

「すると、日本中の男が坂を降り始めたら凄いことになる。」

「男にはもう住めないよ、臭くて臭くて。」

「女の場合はどうだろう……。」

飯沼要助の声にふと気弱げな湿りが感じられた。

「坂の下で、降りて来る男でも待ち構えるさ。」

「女が降りる時は。」

「それはもう、何も考えんだろう。」

「どっちにしても性的な存在になりきるわけか。理性的でも知性的でもなくて、ひたすら性的な。」

「性的になれば、確かに思考力は鈍るだろうよ。」

「交尾している犬なんかは、でも、考え深げでもあるがねえ。」

飯沼要助は眼尻に皺を寄せて酸いものでも嚙み潰したような笑いを浮かべた。昔からそれが一番彼らしい顔だった。

「坂の傾斜にもよるのかもしれんな。」

ふとなにかを摑み出して来る目付きになって彼が言った。

「なんだか坂にこだわるね。」

「俺の家がさ、坂の上にあるんだよ。」

「坂の上の家とは素敵じゃないか。国立《くにたち》だって、さっき言ったな。」

「駅は国立で降りるんだ。でもそれがおかしな坂でさ、五百メートルもあるかないかなのに、登っているうちに国立市から国分寺市に変って、あっという間に今度は府中市になる。」

「急な坂なのか。」

「そういう説もある。」

「実際にはどうなの。」

「国立のあたりは来ることがないかね。」

「自分の通勤する区間ではあちこち途中下車する機会がいくらでもあるけれど、それを越して都心とは逆の方に行くことはまずないね。俺にとっては、降りる駅が終点だよ。」

「それじゃあ、多摩蘭坂といっても知らないな。」

「有名な坂なのかい。」

「地元ではね。」

「由緒のある。」

「それが問題なんだ。実はな、少し勉強したんだよ。」

「昔から俺より勉強家だったよ。」

「図書館などという所に何十年振りかに出かけたんだから。」

空になっていたハイライトの袋を握り潰し、煙草とビールを一緒に注文すると飯沼要助の顔は俄《にわ》かに汗とも脂ともつかぬもので光り始めた。


君は坂を登って家へ帰るという経験があるか、と要助は詰問に近い口調を私に向けた。同じ中央線沿線の武蔵野に住んでいるとはいえ、私の家は起伏から見放された平坦な土地の只中にある。今日、帰宅する電車の中で十数年振りに飯沼要助にばったり出会ってこの店の椅子に坐るまで、坂の上の家に思いを寄せたことなど絶えてなかった。生れた家も、そこから移って育った土地も、要助と知り合うようになった学生時代の住居も、すべて平らな土地の上にあった。

そんな気の利いた場所には住んだことがない、という私の答えを聞いて、彼はゆっくり首を横に振った。それは私を憐んでいるようにも、羨んでいるようにも見えた。

要助の場合、家へ帰るのと坂を登るのとは全く同じことでしかない。明るい街灯に照らされた商店街を抜けた後、丈の高い水銀灯がぽつんぽつんと灯る坂道を俯《うつむ》きがちに登っているうちに、少しずつ身体が家に向けて馴染んで来るのだという。いや、家の中にはいり難いものを削《そ》ぎ落し、それでも残る固い異物を碾《ひ》き潰し、ようやく家の扉をくぐる滑らかな身体が出来上ってくる。そのために、帰りのバスは一つか二つ手前の停留所で降りて歩いて坂を登ることが少なくないらしい。十一時を過ぎて最終バスの出た後は、駅からタクシーに乗らずに二十分近くもかけて歩き続ける折も多く、その最後に坂にかかるわけである。

それは帰宅の儀式のようなものなのか、と私は訊ねてみずにはいられなかった。むしろ帰宅に伴う必要悪じゃないのかね、と要助はまた彼特有の酸いものを噛んだ時に似たどこか眩《まぶ》しげな笑いを顔に拡げてみせた。

要助が坂を登る自分を意識しはじめたのは、勤め先にアルバイトで来ていた女子学生との仲に関係があるらしかった。当初は冗談のような小さな贈り物の遊びが、いつの間にか自分でも驚くほどの意外な熱を孕《はら》み、遂には妻に隠しきれぬものにまでふくらみあがっていた。それに気づいて問い詰める妻の疑いを否定しなかった夜、妻は突然立上ると玄関を出て小道を走り、バス通りの坂を一気に駆け降りて行ったのだ。バスの停留所まで後を追った要助の眼に、丈の高い水銀灯の下を姿を乱して転げ落ちるように遠ざかって行く妻の白いブラウスがいつまでも見えた。

その坂を登って毎晩帰るわけか、と私は思わずこみ上げて来る笑いを噛み殺した。

もう随分前のことさ、と要助は薄い脂の膜を引いたような眼に苦みの混った懐しげな光を滲ませた。

それから幾年かして夫妻の間の揉め事も過去のこととなり、一人息子が高校へ通い出した頃のある帰り道、要助は奇妙な発見をした。

坂にかかって登り始めた辺りの左手に、金網張りのフェンスを持つ駐車場があった。フェンスには、「たまらん坂」「有料駐車場」と黒と赤の字で二段に横に書き分けられた看板が取り付けられていた。

坂を登っていれば自然に眼にはいって来る看板ではあったが、余りに屡々《しばしば》見ていたために、要助にとってそれは、切通しふうの壁を支える石垣や住所表示のついた電柱などと全く同じように、道端のありふれた風景の一つになってしまっていた。

ところがどうしたわけか、ある夜通りがかりになにげなく眺めた看板から「たまらん坂」という黒い文字が浮き上り、それ迄とは違った顔で要助の中に飛び込んで来た。「たまらん坂」の名が「多摩蘭坂」とは別の新しい名前として突然彼の内に生れていた。「多摩蘭坂」は本当は「たまらん坂」ではないのか。いや、「堪らん坂」ではなかったのか——。

バスの停留所にも、ガソリンスタンドの壁にも、眼につくものにはすべて、「多摩蘭坂」と書かれていたので、従来は「たまらん坂」を漢字から仮名に書きかえたものとばかり信じ込んでいたのだが、その時から、逆に「多摩蘭坂」の方が宛字ではなかろうかとの強い疑問を要助は抱くようになった。そういえば、「多摩蘭」などと呼ばれる蘭の種類は聞いたことがない。考えれば考えるほどわざとらしい名前に思われてくる。

　そのことを妻に訊ねてみたい、と幾度か口の端まで出かかったが、なにかとんでもない言葉が返って来そうな気がして要助は躊躇《ためら》った。坂を転げるように駆け降りて行く妻の後姿が彼の奥に棲みついていたからだ。

　疑問をかかえ込んだまま、朝は道路の傾斜をあっという間にバスで走り抜け、夜になると自分で勝手に選んだ呼び名を身体に刻みつけるようにして坂に歩を運ぶ日が続いた。家庭の暮しが揺れ動いた日々にではなく、むしろ安穏が戻った後になって坂の名への拘《こだ》わりが芽生えたのが不思議だった。しかしそれだけに、疑念はかえって時の細やかな襞《ひだ》の窪みに沁み通っていくらしかった。いわば疑いによって「たまらん坂」は要助のものとなりつつあったのだ。

　五月の初めだというのに初夏のように蒸し暑い土曜日の午後だった。一週間おきに訪れる休みの土曜であったため、妻が買物に出た後の静かな時間を要助はソファーに横になってぼんやり過していた。

　鍵のかかっていなかった玄関の扉が大きな音をたてて閉じられ、最近急に身長が伸びて父親を抜くまでになった息子の姿がぬうっと部屋にはいって来た。お帰り、と声をかけても口の中で小さくなにか呟く気配を見せただけで、ろくに返事もしない。重そうな鞄を床に音たてて落し、それとは反対に手にしていたレコードをひどく慎重にテーブルの上に置くと、息子は台所の方に出て行った。

ささやかな静謐《せいひつ》もこれで終りか、と要助はがっかりした。首筋に汗を光らせ、鼻の下の薄い髭が眼につくようになった息子の図体が、家の中の暑苦しさを一層募《つの》らせた。

台所で水を飲んで来たらしい息子は口の脇を手の甲で拭いながら、ママは、とさして気にしているふうでもなく訊ねた。紀ノ国屋まで買物に出た、との要助の言葉には反応もみせず、息子はポケットから引き出した汚れたハンカチで丁寧に手をふくとすぐステレオにスイッチを入れてレコードをのせた。

いきなりドラムの音が、天井と壁と床と窓とソファーとテーブルと、部屋にあるすべての物を叩き出した。重く粘るギターの電気音がそれに絡んで立上ると、「ほら、もういっちょう」と掛け声が飛んだ。

「なんだ、これは。」

要助は思わずソファーから飛び起きて息子に呼びかけたが、スピーカーからの音に掻き消されて相手には聞えないらしい。ステレオの前をゆっくり離れて横の椅子に沈もうとする息子の肩を突いた。振り向いた息子に、ボリュームを絞れ、と要助は手首を激しく左に捻ってみせた。不承不承ステレオに近づいた息子がようやく音量を少し下げて椅子に戻る。

「なんだ、これは。」

椅子の背もたれから出ている頭に口を寄せて要助は同じ問いを繰り返した。

「アール・シー。」

「なんだって。」

女に不自由はしないぜ、という叫ぶような歌詞の向うから、「RCサクセションだよ」と答える面倒臭げな息子の声がやっと要助の耳に届いた。

「ロックのバンドなのか。」

「『ロックン・ロール・ショー』っていう曲だから、きっとそうなんでしょ。」

揶揄する口振りで息子が言った。

「もう少し音を小さくするか、ヘッドフォーンで聴けよ。近所から苦情が来るぞ。」

「平気だよ。昼間はいつもこのくらいの音で聴いているもの。」

「ママは文句を言わないのか。」

「一緒に聴いてるよ。」

その答えが要助を驚かせた。こんな騒々しい音楽に子供と共に耳を傾ける妻があるとは信じ難かった。どういう顔をして聴いているのか、と想像すると、滑稽であるよりなにか空恐ろしい気分に襲われた。それが夫には決して見せることのない妻のもう一つの顔であるような気がしたからだ。歌というより騒音にのった叫びか語りに近い声に曝《さら》されながら、彼は反撥とは別の落着きのない気分に陥った。

　曲が変って前よりはややメロディーのある歌が流れ出して来た時、要助は息子に対してそれ以上の小言をいい立てる気持ちを失っていた。細かくリズムを刻まれながらその上を流れていく言葉が、少しずつ耳にはいるようになって来たためらしかった。言葉がなにを喚《わめ》いているのかわからぬ英語ではなく、日本語であるのがせめてもの救いだった。

　三曲目は慎しやかなギターの伴奏に導かれてすぐ歌詞が現れた。スローテンポの、言葉を引き伸ばした上で切り離し、一つ一つ眼の前に貼りつけていくような歌い方だった。夜の夢が電話のベルで醒まされた、と告げる少し掠《かす》れた男の声を要助の耳は仕方なしに追っていた。

　その曲が途中まで進んだ時だった。

「おい、今なんて言った。」

　要助は突然横の息子の肩を摑んで揺すり上げた。

「なにが。」

「忘れたことがあって、その次はなんと言った。」

「多摩蘭坂を登り切る……。」

「多摩蘭坂と言ったのか。」

「だって、『多摩蘭坂』という曲だもの。」

「そこの多摩蘭坂のことか。」

「そうだよ。忌野清志郎はたしか国立に住んでいるんだから。」

「この変った声で歌っている奴がか。」

「これは作詞も作曲も清志郎だろ。」

「歌詞を書いた紙があるか。」

父親の勢いに押されたのか、息子は素直にレコードのカバーの中から大きな四角い紙を引き出して要助に渡した。五人の若者達が大型トラックの運転台のように見える横長いガラス窓に貼りついている写真をひっくり返すと、二つ折りの最終面にサイド1とサイド2に分けて横書きの歌詞が並んでいる。要助の眼は忙しく走って曲のタイトルを捜した。

「『多摩蘭坂』だ。」

要助はがっかりしてソファーに身を落した。

「そう言ったじゃないか。」

「いや、平仮名の『たまらん坂』かと思ったのさ。」

曲は多摩蘭坂の途中の家を借りて暮らしている若者の、どこか淋しげで甘美な心情を乾いた声で歌い続けている。

「あの坂は多摩の蘭の坂と書くんだよ。」

そんなことも知らなかったのか、と言いたげに息子は要助を見た。しかし坂の途中にある駐車場の看板には、平仮名で「たまらん坂」と書かれているぞ、と要助は言い返したが、息子の方は、へえ、と興味なさそうに応じただけだった。

窓からのぞいているお月さまに、キスしておくれよ、とせがんだ後、音が静かに引き揚げて行くようにして曲は終った。

「もう一度今の歌を聴かせてくれないか。」

歌詞の書かれた紙を睨んだまま要助は頼んだ。

「いいよ。気に入ったの。」

息子は身軽に椅子を離れ、野太いギターの音とドラムの響きが重なりかけている次の曲から針をあげると、レコードの溝の切れ目を探って再び針を落した。

「やはり、多摩の蘭ではなくて、堪らない坂だよ、この歌は。」

繰り返された曲が終った時、要助は独り言のように呟いた。

「そう言えば、清志郎か誰かがこの曲のことを雑誌かなんかに書いていていてえ……。」

息子はふと記憶を探る眼付きになった。なんと書いてあった、と要助は沈んでいたソファーから身を乗り出した。

「昔どこかこの近くで戦《いくさ》があってえ、一人の落武者がここの坂を登って逃げながら、たまらん、たまらん、て言ったのでそういう名前がついたとか、そう言う話じゃなかったかな。」

「その雑誌があるか。」

「なんで読んだか忘れちゃったよ。清志郎だったと思うんだけど、違ったかもしれない……。」

要助が強い興味を示して詰め寄ると息子は急に自信なげに言葉を濁らせた。

「やっぱりそうか、落武者か。そんな言い伝えがあるのか。みろ、多摩の蘭なんて嘘っぱちじゃないか。」

「そんなこと知るかよ。でも、今の坂の名前は多摩の蘭の坂で、清志郎はその坂の歌を作ったんだから。」

「それは仕方がないけど、おい、雑誌の名前を思い出さないか。」

息子のあやふやな言葉に誘い出されたかのように、要助の胸の内に不思議に生温い体温を持つ一人の落武者の影が生れていた。その士《さむらい》をずっと前から知っていたような気さえした。

「忘れたなあ。清志郎のことを読みたいの。」

「いや、坂のことを知りたいんだ。」

「自分で調べれば。」

「どうやって。」

「さあ。図書館にでも行ったらなにか本があるでしょ。」

言われてみればその通りだった。記憶も曖昧な雑誌の記事を捜すより、郷土史の本にでも当る方が確実なのは明らかだ。夢中で息子を問い詰めようとした自分が滑稽に思えて要助は苦笑した。

「『多摩蘭坂』はいい歌だよ。」

気になっていた坂のことを歌った曲のあるのを教えてくれた息子への感謝の気持ちをこめて要助は言った。息子の方により近い歳頃の若者が、あの坂の歌を作っているのが理由もわからずに嬉しかった。あれほど素直に、窓から見える月が君の口に似ているからキスしてくれ、などと到底自分では歌えはしなかったが、若い日々に特有の切実で甘美な味わいは、時の距《へだた》りを置いて触れるとまた別の感傷を生むものでもあるらしかった。

「『ブルー』を買ったよ。」

気づかぬうちに帰宅して買物の紙袋を下げたまま部屋の入口に立った妻に、息子はテーブルの上のLPレコードのカバーを示して大きな声を投げた。妻は顎をしゃくってみせた。

「おやじが『多摩蘭坂』という曲はいいってさ。」

ステレオの音に消されて聞えなかったのか、妻は息子の方に身を傾けた。ようやく言葉を聴きとると、彼女は口唇を尖らせ、大袈裟な驚きの表情を作った後、ふと笑いを残して台所の方へ歩み去った。

翌日の日曜日から要助の詮索は始った。煙草を買いに出たついでに、折よく通りかかったバスをつかまえ、駅前まで乗って本屋にはいった。その気になって捜すと、表題に武蔵野とか多摩とかの地名のはいった本は意外に多く書店の棚に並べられていた。それは地名そのものの由来を解くやや堅い書物であったり、民話や伝説を集めた絵入りのものであったり、郷土夜話ふうの本であったり、民俗学の資料に属するものであったりした。

しかし、そのどれを抜き出して調べても、要助の求めるものにはたやすく出会えそうになかった。伝説にしても、地名にしても、この近辺で多くの本が興味を示す対象はほぼ共通して重複しており、武蔵国分寺であり、恋ケ窪《こいがくぼ》であり、大国魂神社であり、二枚橋であり、そして国立では谷保《やほ》天神だった。自分の中に伸び上っている「たまらん坂」がひどく蔑《ないがし》ろにされ、誰からも相手にされていないことが要助には腹立たしかった。と同時に、幾冊かの本を手に取ってめくっていくうち、その坂が次第に小さく、貧しいものに感じられても来るのだった。

さほど離れていないもう一軒の本屋でも、事情は変らなかった。ビジネス関係の本のぎっしりと並ぶ棚を避けるようにして店内を一巡した要助は、辞書類の集められた片隅に「東京都地名大辞典」と緑の帯を巻かれた分厚い辞典の立っているのに眼をとめた。『角川日本地名大辞典』の十三巻が東京都篇に当り、その宣伝文句が「東京都地名大辞典」ということになるらしい。とりわけ有名なものでもない限り坂の呼び名が地名辞典の対象にはならないだろう、と考えながらも、古代から現代までの全地名を収録したという帯の言葉に惹かれて、要助はその厚味のある箱を棚から下し、本を抜いてぱらぱらと頁を繰った。音引きに編集された辞典で「多摩」の項をみつけ出すのに時間はかからなかった。「多摩川」があり、「多摩湖」「多摩村」がとびとびに眼にはいり、そして要助は「多摩蘭坂」にぶつかった。僅か五行の横書きの記事を彼はむさぼり読んだ。

「国分寺市内藤町一丁目六・八番の間あたりから西北に、国立市の旭通り商店街へくだる切り通しの急坂。昭和六年、一橋大学が当時の北多摩郡谷保村へ神田一ツ橋から移ってきた頃、箱根土地会社が叢林の中の小道を切り開いてつくった。」

それだけだった。「多摩蘭坂」が地名辞典に記載されていたこと自体は要助を喜ばせたが、その内容に彼は失望せぬわけにはいかなかった。坂の名の縁《ゆかり》に触れられていなかっただけではなく、その坂が昭和になってから土地会社の手で造られた、と書かれていたからだ。記述には息子の口にした落武者の影などはいり込む隙もない。ただ微《かす》かな希望は、土地会社が切り通しの坂を造る前に、そこに「叢林の中の小道」があったことである。戦に破れ、郎党とも逸《はぐ》れた武者が一人とぼとぼと落ち延びるのが叢林の中の小道であって悪かろう筈がない。たとえ現在のような坂道の出来たのが新しくとも、なにかを手繰っていけば昔の小道に辿り着き、その登り詰めた果てにやや滑稽で淋しげな坂の名前を見出すことが出来るのではあるまいか。

記載されている文章のどこにも、「たまらん坂」という表現の出て来ないのが要助には不服だった。辞典の中では、坂は昭和のものと割り切られ、名称の文字による表現は「多摩蘭坂」と限定されていた。

こうなった以上、最早別の伝《つて》から「叢林の中の小道」を探ってみる他にない、と心に定めて要助は重い地名辞典を書店の棚に押し込んだ。

息子に言われた通り、図書館にでも行けば手掛りが摑めるかもしれない、と考えながらも日が過ぎた。仕事に追われ、つき合いに巻き込まれて帰りの遅くなる夜が続いた。家路につくまでは坂のことなど思い浮かべる暇もないのに、帰りの電車が国立駅に近づくと、なにやら身の重いものがおもむろに頭を擡《もた》げるようにして、要助の中に落武者のいる坂が立上って来るのだった。

南口に降り、駅前広場のロータリーを迂回して、一橋大学や国立高校、桐朋学園などのある広々とした大学通りを右手に残し、要助は斜め左に延びる旭通りへとはいって行く。シャッターの下された商店が静かに軒を連ねる間を五、六百メートル歩くと、やがて道は信号の下の複雑な五差路にぶつかる。バスの停留所ではここが「旭通り坂下」である。坂下とはいっても、その交差点からすぐ坂にかかるわけではない。角を左折し、バス通りをしばらく進む間はまだ平らな道である。ただここまで来れば前方にまっすぐ押上って行く坂がいやでも眼にはいる。「多摩蘭坂」の特徴は、助走するかのようなこの平坦路から坂を登り詰める頂きまでが一直線に見渡せることだろう。ああ、坂がある、とそれを眼に収めながら一歩一歩近づいて行く。

「大学寮前」の停留所の辺りから気がつかぬほどの傾斜が始っている。ふくら脛《はぎ》に鈍い重みの溜って来るのでそれがわかる。

地名辞典の説明が、国分寺市から国立市へ向けて上からくだる急坂として記されていたことを要助はふと思い出した。「多摩蘭坂」という項目のすぐ脇に〈国分寺市〉と所在地の市名が記入されていたので、国分寺側を基点として坂を説明したものだろう、とその時は考えた。しかし坂のすべてが国分寺市に属するのではない。国立方面から国分寺市に向けて登る坂と説明することも可能である筈だ。坂を登りながらそれを思い起す度に要助は不満を覚えた。落武者は叢林の小道を下って逃げたのではなく、腰を折り、地面に向けた顔を小枝に突かれながら残る力を振り絞って喘ぎ喘ぎここを登って行ったのだ。そう考えていると、いつか自分の姿が遠い昔の戦に敗れた武者の影に似て来るように思われた。なぜか、それは不思議に心の静まる光景だった。現代の己を際立った落後者とも敗残者とも感じているのではなかったが、晴れがましく勝利した者でないことだけは明らかだった。夜毎、坂を登って家へ帰って行くそんな自分が、暗く分厚く、温かな落武者の影に守られ、抱き取られるようで心が和《なご》んだ。たまらんなあ、と低く呟くと、なにがたまらんのか言葉を発した者自身がよくはわからないのに、たまらん、たまらん、と背後で深い声が答えてくれた。その落武者が誰であるのかを要助は知りたかった。いつの時代のいかなる人物であるかがわかれば落武者は一層親しい存在となり、その影と共に安心して坂を登れそうな気がしてならなかった。

　勾配の最も急な付近の右手に高圧線の鉄塔が聳《そび》えている。塔の土台の据えられた土地の隅に「葬祭」と書かれた看板が立っていた。その看板の文字が、控え目に呼びかけるかのように要助の目を捉えることがあった。

「仏式、神式、キリスト式等、どのような葬儀でも低料金でお受けいたします。会費掛金等もいりません。お気軽に御利用下さい。」

　最後の一言が、飲食店への誘いに似ておかしかった。そのうちお願いするかもしれません、と口の中で唱えながら小さく息を弾ませて看板の前を過ぎた。

　その先に、自動車進入禁止の赤い標識を持つ細い道への入口がある。斜面の途中を削って右へとはいる道であるために、一方は赤土の肌の露出した高い土地であり、下から登って来るといやでも剝き出しになった地層の断面が眼にはいる。切り通しの坂が開かれた時、バス通りの両側もこんな赤土の壁であったか、と思わせる眺めだった。

「多摩蘭坂」はその近くで石垣とコンクリートの土止めに左右を囲まれ、いかにも坂らしい佇《たたずま》いを見せる。そこを登り切ればもう坂は終りとなり、いかにも都市近郊らしいありふれたバス通りに変る。石垣の上の土地に茂る樹木の大きな枝が道に張り出し、夏の日中には涼しい日陰を作り、夜は丈の高い水銀灯の光を遮る暗がりを拡げている。柔らかな闇にゆっくりと身を浸しながら、次の休日にはなんとしても図書館へ出かけよう、と要助は決心した。

その日曜日が来て要助が図書館に行くと告げると、妻は怪訝《けげん》そうに彼の顔を見た。

「本当に坂のことを調べに行くの。」

息子は一緒にレコードを聴いた時の自分の言葉を覚えていたらしく、呆れたように要助に訊ねた。

「なんのこと。」

「『多摩蘭坂』の昔の名前が知りたいんだって。」

「どうして。」

「さあ。本人に訊いたら。」

「ちょっとね、興味があるんだ。」

「郷土史の研究でも始めるわけ。」

「それほど大袈裟なものではないけどさ。」

「なんだか、年寄りじみてるわね。」

「年相応ではあるかもしれんよ。」

「ママ、学ぼうとする気持ちに水を差しちゃいけないよ。」

「一緒に行ってみるか。」

妻と息子に反撃を試みるつもりで要助は誘いをかけた。

「サンジェルマンの二階でコーヒーを飲んでいる方がいいわ。ねえ。」

「俺は十一時から三鷹の楽器店のスタジオがとれているからね。」

母親の呼びかけをかわして息子は部屋に立去った。

「それを調べてどうするの。」

二人だけになると妻は少し表情を改めて要助に訊ねた。

「どうするという当てもないけれど……。」

答えながら、妻の言う通りだ、と要助は思った。不可解なものを見る時に似た眼を向ける妻に、しかし彼は説明する言葉を持たなかった。

「靴はいつ買いに行くんですか。」

妻の声は少し低くなっていた。

日曜日の図書館の前には自転車が並び、子供と高校生の姿が多かった。大学時代の天井の高く室内がひんやりと暗い図書館しか知らない要助にとっては、外光の注ぎ込む開放的な市営の図書館がまるで公園のように場違いなものに感じられ、身構えていた気分が拍子抜けした。

それでも、書棚がぎっしりと前後に並んでいる間に立つと、なにやら本の気配が滲み出して一応の静寂は保たれているようだった。カードを繰るよりは現物に当って捜す方が早いだろうと見当をつけた要助は、地理・歴史と分類の札の出ている棚に歩み寄った。この種の雲を摑むのに似た調べものの経験のない彼には、本屋にはいった時と同様、手あたり次第にそれらしき本を抜き出して開いてみるより他に方法がなかった。

落武者を捜そうとする要助の眼は、まず合戦録の類を求めた。武蔵野に限られた都合の良い戦史が見あたらぬまま、彼は関八州の古戦録を手に取ってみた。めくっても、めくっても、そこに繰り拡げられているのは上杉謙信と武田信玄の争いであり、戦場は関東一円に散らばっているようでありながら、多摩周辺には近づいて来てくれない。たまに武蔵野の合戦が現れても、登場する地名は聞いたこともないものばかりである。

それでも、類似の書物を二冊、三冊と手にするにつれて、要助にも朧《おぼろ》げに覚えのある合戦場が浮かび上って来た。

一つは国立の東南方に当る多摩川のほとりで展開された分倍河原《ぶばいがわら》の戦いである。その地名は京王線の駅の名前になっているので要助にも覚えがあった。社宅を出て国立に移って来た頃、まだ幼い息子を連れて家族三人で聖蹟桜ヶ丘の方にハイキングに行った折に電車で通った記憶が残っている。

治承四年（一一八〇年）、源頼朝が関八州の軍隊を集めたのがこの辺りとされているが、それ以前にも幾度も合戦があった場所らしい。

中でも名高いのは、元弘三年（一三三三年）、新田義貞が上野《こうずけ》から武蔵国へ兵を進め、鎌倉の北條勢と交えた一戦のようだった。戦いは数日に及んだ模様であり、押したり引いたりの挙句、結局は新田勢の勝利に終っている。

調べていくとこの付近一帯に小さな戦いは他にも散在したようで、時代と地域の幅を拡げるにつれ、小手指《こてさし》原の合戦とか、女影原の合戦とか、立川原の合戦とかの名称が要助の知識につけ加えられてくる。

古来、武蔵野の土地で多くの戦があったことが確められはしたものの、しかしいずれの書物も合戦の記述の肌理《きめ》はきわめて粗く、どこぞの落武者が息を喘がせて逃げ登った小さな坂道などが書き残されているとは到底思えないのが恨めしかった。

初めからそうたやすく目指す相手に巡り合えるとは要助も決して考えてはいなかったが、せめてそれらしい可能性を漂わせる戦が史実の中に幾つか見定められ、探索の環を絞っていくうちに木の間隠れに落武者の姿がちらつき出し、やがては彼等を武蔵野の片隅の丘に追い上げるその手掛りくらいは摑めるのではないか、との漠とした期待は、幾冊かの史書の叙述に触れるうちにかえって裏切られていくかのようで要助を失望させた。合戦についての小さな知識が貯えられれば貯えられるほど、そこから「叢林の中の小道」への距りは大きくならざるを得なかった。つまり、合戦は何時のものでもかまわなかったし、それなりの落武者はいくらでも存在すると思われるのに、彼等の内の誰一人として小さな坂道を登ろうとはしてくれないのだ。

三階の閲覧室には行かずに一階の窓辺に点在する丸椅子に腰かけたまま、要助は低いテーブルに積みあげた調べ終ったばかりの数冊の本をぼんやり眺めていた。時折、受付のカウンターの方から本を借り出したり返却したりする声のやり取りが聞え、コピーを取る装置の単調な機械音が微かに伝わって来る。

隣の椅子はあいていたが、その次の椅子には新聞の綴じ込みに身を屈めて読み耽っている老人の姿があった。なんの記事を読んでいるのか、手許の新聞はほとんど動かないのに眼鏡をかけた頭が小刻みに上下して行を追っている様が窺える。半袖シャツの閲覧者が多い中で、老人は厚い毛のジャンパーを着てひっそり坐りこんでいた。あの人はどんな家から出て来てここで新聞を読んでいるのだろう、と想像するうち、昔の合戦録などを調べるのではなく、土地に古くから住みついている老人の話でも聞いた方が近道ではないのか、との考えがふと要助を掠《かす》めた。落武者のことが頭を占めていたばかりに戦を追ってしまったが、むしろ土地に生きる人の側から時代を遡《さかのぼ》るのが本筋であったのかもしれない。

要助はかさねた重い本を抱えて書架に戻すと、今度は地誌を求めて横の棚に移った。そこにはかつて本屋で見かけたような背表紙が、史書よりは遥かに馴染みやすい表情で並んでいる。

「国立」という地名が表題にはいった一冊を要助は気軽に引き抜いた。著者は古老というほどの歳の人ではなかったが、それは郷土の土地のあちこちに纏《まつ》わる史実や言い伝えを丹念に集めた風土記ふうの読みものらしかった。

目次を追ううちに、国立の坂についてまとめた章のあるのを要助は発見した。一気に横に走った要助の眼は「たまらん坂」という文字にぶつかった。もどかしくそのページを開くと、旭通りから府中に向う途中のだらだら坂がそれであり、四、五十年前まではあまり人通りもない林道で現在よりは急な坂であった、と書かれている。江戸へ向って坂を登っていた旅人が、これはたまらん、と言ったのでその通り名が生まれた、と呼び名の由来が説明されていた。

求めるものが、案外手近な所からひょいと顔を出しかかったようで要助の気持ちは昂ぶった。坂は明らかに登るものとして描かれていた。短い記載のどこにも奇妙な蘭の名前など現われなかった。これはたまらん、と呟いたのが江戸時代の旅人であるのは不満だったが、更に別の方向から掘り下げていけば、旅人と考えられていたのは、実はより昔の武士であり、しかも落武者であった、と判明せぬものでもあるまい。活発に動き出した頭の片隅を、あの坂の曲を作った若者も、もしかしたらこんな本を読んでいたのかもしれない、との思いがよぎった。

すぐ脇に同じ著者による別の一冊の背中が見えた。内容は似た所も多いようだったが、こちらの方は現在の市民生活により多くの紙数をさいている。しかし坂についてのまとまった記述がある点は両者に共通していた。

要助は緊張してページをめくった。坂の名称は前の本と同じく「たまらん坂」と表記されていたものの、本文の一行目を読んで彼は突き放された。この坂の名の起りはまだ新しい、と書かれていたからだ。地形上の説明はあまり異っていなかったが、国立地区が開発される頃までは国分寺の駅へ通ずる唯一の林道であった、と書き加えられている。

それに続けて坂の名の由来が短く紹介されているのを読んで要助は一層落胆した。そこには、昭和の初め頃にこの坂をランニングで登り降りした大学生達が急な勾配に閉口して、これはたまらん、と繰り返したところから坂の名前がついた、と述べられていた。江戸時代の旅人が、こちらの本では昭和初頭の学生に変っているのだった。

要助は二冊の本の後ろを開いて奥付けを確かめた。旅人が坂を登ったと書かれているのは昭和四十年代後半の著作であり、学生がランニングをしながら登坂したと説かれているのは五十年代にはいって発行されたものである。とすれば、後者はより新しい知識に基いて前者を加筆訂正したものと考えるべきだろう。地名辞典の記述に即していえば、前者は「叢林の中の小道」に注目し、後者は箱根土地会社の開発に関心を寄せた説明であると思われる。そして両者を比較すれば、書かれた時期の推移からみて、後者の側により定かなる根拠があると想像せざるを得ない。

落武者の影が俄かに薄れ衰えて、我が身の廻りから立去ろうとする淋しさを要助は感じた。彼が消え去ってしまうなら、後には舗装されて両側に狭い歩道を持つ「多摩蘭坂」が残されるだけではないか。

なまじこんなことを調べなければよかった、と要助は後悔した。なにも知らぬ間は、いつか巡り合える筈の落武者の温《ぬく》もりを背中にひたと感じつつ坂を登り続けることが出来たのだから――。

時計を見ると既に正午を遠く過ぎている。朝食が遅かったので腹はまださほど空いてはいないが咽喉《のど》は渇いていた。出がけに妻が口にした、パン屋の二階でコーヒーを飲んでいた方がよい、という言葉が生々しく甦った。広い四つ角を渡って図書館に来るまでに眼にしたデニーズやロイヤルホストの小綺麗な外観が要助の渇きを煽《あお》った。

まだ諦めたわけではない、と要助は自分に言いきかせた。一度や二度、休日に図書館へ足を運んだくらいで求める落武者に会える、などと甘い見通しを抱いてはいなかった筈だ。あの坂が決して「多摩蘭坂」ではなく、たまらん、たまらん、と喘ぎつつ登る人間の坂であることまでは、とにかく今日確認出来たといえる。ただ、このままでは落武者は半殺しの状態であり、宙吊りに放置されてしまっている。落武者を見捨てるのではなく、こちらが彼に置き去りにされるのでもない。ほんの暫く時間を停めておくだけだ――。

書棚の陰にでも疲れ果てて蹲《うずくま》っていそうな気がする敗軍の武者にそっと声をかけ、整然と立ち並ぶ書物の間から要助は通路に出た。階段の下を抜け、出口に向おうとする視線がふと一枚の貼紙の上にとまった。

「地域資料室・二階」

サインペンで書かれた太い字の下で、黒々とした矢印が二階を強く指し示している。足よりも先に、もしや、という気持ちが、渇いてひりつく咽喉と熱い疲労の溜った腰を二階へ押し上げていた。次に来る時の予備調査でいいのだからな、と階段を踏みながら要助は疲れた身体に言訳けをした。

狭い地域資料室に人影はなかった。一方の壁に沿ってガラス戸のはめられた本箱が連なり、部屋の中央には一階と同じようなオープンの書架が幾列か据えられている。ガラス戸の中には、市議会の議事録や市報の綴り、開発計画の資料や市民活動の記録などがまだ製本されぬまま大小様々のファイルにとじ込まれて収納されていた。

試みにガラス戸を引くと音もなく開いた。コピーやタイプ印刷の資料を手にとって眺めてはみたものの、いずれもあまりに専門的であったり、個別的であったりして要助の興味を惹かなかった。

まとめられた市史のようなものでもあれば参考になる記事にぶつかるかもしれぬ、と考えてこちらは単行本形式のものの収められている隣の本箱に要助は移動した。『国立・あの頃』と書かれたオレンジ色の無愛想な一冊の本の背中が彼の眼の中を通って過ぎた。あの頃とはどの頃だ、と冗談半分に呟きながらもう一度戻って来た眼が、その本の背にひっかかった。殊更二階まで上って来たのだから、と要助はガラス戸に手をかけた。びくとも動かなかった。慌てて調べると下の段の戸にも鍵がかけられている。隣の本箱の戸も開かない。最初のファイル類を入れた本箱だけが自由に開けられることにはじめて気がついた。

ガラスに隔てられて手が届かない、と知ると要助は無性にその本の内容を知りたくなった。なんの工夫もない無造作な背表紙がかえって彼の関心を掻き立てた。特別の資料であるために大切に保存されているのかもしれないが、市営図書館の本箱の中に陳列されているからには市民がそれを閲覧出来ぬ謂《いわ》れはないだろう。引戸のガラスを叩き割ってでも本を摑み出したいほどの気持ちを抑えながら、受付に駆け降りて係員にすぐ鍵を開けてもらわねばならぬ、と彼は焦った。それにしても、なぜあのような変哲もない本が鍵をかけられた本箱にしまわれているのか。

部屋の出口に向おうとしてオープンの棚の間をすり抜けかけた要助の眼に、今ガラスの向うに見たばかりの同じ本の背文字が飛び込んで来た。透明なビニールのカバーをかぶせた『国立・あの頃』はやすやすと要助の手に移った。

「国立パイオニア会編」とだけ表紙の片隅に小さく印刷されているその本はどうやら一橋大学関係の同窓会の文集ででもあるらしく、自費出版めいた匂いを漂わすごく内輪の出版物のようだった。その種の編纂物に特有の、仲間内だけで肩を叩き合って昔を懐しがったり、陽気に騒いだりする雰囲気の露わに伝わって来る本だった。

これでは仕方がない、と辟易《へきえき》しつつも、まあ折角手に取ったのだから、と思い直して要助は目次に眼を走らせた。昭和三年、四年、五年とおそらくは卒業年次別に集められた五、六十人の文章が三百ページほどの中にぎっしりと詰め込まれている。犇めき合うそれらの表題を見ただけでも、現在の一橋大学の前身が神田の一ツ橋から国立へと移転して来る歴史が窺えそうだった。「思い出」「想い出」「憶い出」「回顧」「懐古」「今昔」などと似た言葉が連なる間に、「たまらん坂その他」という表題が身を隠しているのを要助は偶然拾いあげた。

最初の数行を読んで驚いた。そこには、卒業後三十年して国立を訪れた筆者のK氏が、思い出の「たまらん坂」が「多摩蘭坂」の名称で今日も生き続けていることを知って懐しさと愉快を感じると同時に、もしもこの坂の名を漢字で表わすなら、宛字などではなく「堪らん坂」と書くべきだ、と述べていたからだった。

坂の名の表記について、かつて自分が抱いたものと全く同じ考えが書き記されている。K氏に背を押されるようにして要助は先を読んだ。

K氏によれば、昭和二年、箱根土地株式会社が開発を計画した学園都市の走りとして、一橋大学の専門部が神田から国立に招致された。「たまらん坂」は、当時は国分寺に向けて雑木を切り開いた赤土の坂で、まだ名はなかったという。

　学生の通学は八王子行の汽車によったが、その頃省線（国電）は今の国立の一つ手前の国分寺迄しか来ていなかったため、学生は汽車に遅れると国分寺まで電車に乗り、駅前に待っていた一台だけのタクシーを共同で利用するか、四キロほどの道のりを歩くしかなかった。ようやく「たまらん坂」の上まで辿り着くと校舎が見えるのだが、ちょうどその辺りで始業の鐘が鳴り始める。天気の好い日はまだ救われたが、雨降りの折などは赤土が泥濘《ぬかる》んで足を取られ、走ることも出来ない。ズボンを泥まみれにして土のこびりついた重い靴で教室に駆け込むと、もう先生は出欠をとっている。辛うじて返事をすませた後、「こいつぁ、堪らん」と息絶え絶えの言葉が口から洩れたのだそうである。これが「たまらん坂」の名の起りだ、とK氏は明言している。

　やはりそうなのか、と要助は肩を落した。こう断定されてしまったのではその先の探りようもない。一階で読んだ国立についての二冊目の本に、学生がランニングの際に坂を登り降りしてこれはたまらんと呟いたという話があったのも、この種の体験談と関係があるのかもしれない。『国立・あの頃』の発行は昭和四十七年であり、階下で手にした二冊目の本に三年先立っている。

　昭和の初めには坂にまだ名はなかった、という記述と、これが命名の事情だとの断定の間に要助が立ち入る余地は残されていなかった。坂に落武者の影は消え、そこを駆け降りて来るのは学生達の姿である。坂の名の起りはまだ新しい、と書かれていたのは覆しようのない事実だ。

　あまりにあっさりと出てしまった結論の前に気抜けして、要助は書棚の下にぼんやりと立ち尽した。


「知らない方がいい事実というのは、いつだってあるものだよ。」

　淡い恥じらいの沈んだ笑いを滲ませている飯沼要助の横顔に、私は半ば慰めるような半ば冷やかすような言葉を投げた。

「昔はそうは思わなかったがね。」

　自分の話の余韻からまだ脱け出せぬ声で彼はぼそりと答えた。

「それで、落武者の憑き物はやっと君から落ちたわけか。」

　急に身体が柔らかくなってしまった感じの飯沼要助に私は意地の悪い追い討ちをかけた。坂の過去を追い求める時間を再び生き直しているかの如く熱っぽく語り続けた彼にいささかの同情を覚えながらも、私には彼の落武者への思入れがあまりに唐突で子供じみており、どこか滑稽にも感じられていた。

「落武者は殺してしまったみたいだな……。なんだか、あの坂の奥行きが浅くなったような気がするよ。」

　飯沼要助は火のついていない煙草のフィルターに歯を立て、口唇の間を転がしながら曖味な声で呟いた。

「結局、その話だと『たまらん坂』は降りる坂だったことになるのか。」

話の始まりを思い出して私はそう訊ねた。

「いや、もう少し後があるんだ。」

「まだ諦めていないのか。」

「登るとか、降りるとかいうのではなくてさ……。」

「そんな坂があるのかね。」


地域資料室の飯沼要助は、手の中の本を閉じようとしてもう一度目次に眼を戻した。念のため、というほどの気持ちだった。結論は出てしまったようだったが、他にも説があるならそれも読んでおきたい、と思ったのだ。

果して、四ページにわたる目次の最後から二行目に、「多摩蘭坂物語」という表題を要助は発見した。Y氏のこの一文は坂の名の由来を語ることのみを目的としており、先のK氏の文章より長いものだった。

国立の新校舎に通い始めることになったY氏は、最初学校の近くに建てられた寮に寄宿していたのだが、幾人かの仲間と共にどこか農家に下宿しよう、と思い立った。あちこちと付近を捜し廻った結果、一軒の大きな農家の主人が彼等の希望を入れ、坂の上に八人分の宿舎を新築してやろう、と言ってくれた。雑木林に囲まれた田園での下宿生活は、学生達にとって甚だ快適なものだった。

その宿舎の周囲には一面にコスモスが乱れ咲いていた。ある晴れ上った秋の日、長い袴《はかま》をはいた音楽学校の女生徒達が、坂を登って来るとコスモスの前に足を停めた。やがて彼女達は花を摘み始めた。秋の日射しの中に群がり咲くコスモスの可憐な色がそれを摘む人々の顔に照り映えて、女生徒達の姿を一層美しいものにせずにはおかなかった。部屋にいたＹ氏等学生は、花に手を伸ばす彼女達の姿を息を殺して見つめていた。暫くして、花を手に溢れさせた女生徒達は国分寺の方へ歩み去って行った。その時、宿舎の一角から突然叫びが上った。「わしゃ、もう、たまらん」と。剣道の選手で仲間うちの一番の年輩者の声だった。『たまらん』という言葉、それは、青春の感情の極限を表現するものだったのかもしれない」とＹ氏は綴っている。

その後、「たまらん」という言葉は仲間の合言葉のようになり、学校からの帰途、この坂にさしかかる度に、そこを登って来る女生徒達の姿を思い起し、「もう、たまらん」と叫んだという。

そこで、この坂に「たまらん坂」と名をつけよう、と話がまとまり、そのままではあまり趣きがないので土地から「多摩」をとり、北大の校歌から鈴蘭の「蘭」をとって「多摩蘭坂」と命名した。Ｙ氏等は厳《おごそ》かにその名を宣言し、切り開かれた両側の赤土の壁に大きな字で「多摩蘭坂」と刻み込んだ、というのである。

ここまで書かれれば、もう要助にはどうすることも出来なかった。

「たった一日図書館に出かけただけで、俺はあっさり寄り切られてしまったんだぜ。」

まだ火をつけていない煙草を口惜しそうに前歯で嚙みながら、飯沼要助は諦め切れぬ様子だった。

「しかしよく調べたよ。つまるところ、『たまらん』という叫びにはやや猥褻な響きがこめられていたんだな。」

私の中にもなにかそれと近い記憶が眠っているような気がする面映《おもはゆ》い話だった。

「猥褻と純情とな――。」

飯沼要助は私の言葉を丁寧に修正した。

「落武者捜しがとんだところに行きついたもんだ。」

「ま、そもそもは『たまらん』坂だったことは間違いないけれど、ランニングにしても、コスモスにしても、あの坂はとにかく今の俺とは無縁の青春の坂だったというわけよ。」

「そうともいえないよ。また百年か二百年経ったらさ、中年を過ぎかけた物好きな勤め人がふと坂の名を気にしはじめて、いろいろ調べてみるかもしれないぜ。その結果、この坂は昔、一人の疲れた勤め人が『たまらん、たまらん』と呟きながら毎晩登ったためにこんな名がつきました、という説がつけ加わることだってないとは言えない。」

「二百年先にも勤め人はいるだろうかね。」

飯沼要助はようやく火をつけた煙草の煙に細めた眼をゆっくりと私に向けた。

「さあ……。わからんけどね。いるんじゃないか。」

「わからん坂か——。」

眼尻に細かな皺を寄せ、酸いものを口に含んだ顔でまっすぐ私を見つめたまま、飯沼要助は声をたてずに笑い出した。

# おたかの道

門を出て家数にして五、六軒も歩いた時、どこかで小さく電話のベルが鳴っているのに気づいて真吉は思わず足を停めた。ここまでは自分の家の電話の音が聞えて来る筈がない、と思いつくまでに、妻の寝ている階下でベルが響かぬよう二階にスイッチを切り替えて来たろうか、と彼は本気で心配した。日曜日だというのに、雨の住宅街の道には人通りがなく、ほんの微かな物音も耳に滲み入るように感じられた。その分だけ、神経も過敏になっているのかもしれなかった。

最初の四つ角まで来た真吉の眼に、バス通りから曲って来る若い女の半袖シャツの姿が見えた。よく寒くないものだ、と彼は呆れて遠い女をみつめた。淡いベージュの半袖はシャツでもブラウスでもなく、サマーセーター風のものであるとも考えられる。肩まで垂れた髪の間に半ば顔を包むようにして俯きがちに足を進める女は、遠目には好ましい容貌をしていた。どうせ近づけばがっかりするに決っている。胸の内にそう呟いた真吉は、女が傘をさしてはいないことに初めて注意を向けた。傘を傾けて手を拡げたが冷たいものはほとんど触らない。いつの間にか雨は小降りになり、南東にあたる駅の方角の空は明るくなっている。傘を置いてくればよかったか、と彼は一瞬悔んだ。それからすぐに、いや、身を隠すのにこれはあった方がいい、と思い直して黒い蝙蝠傘《こうもりがさ》の竹の柄をしっかりと握りしめた。

　駅の時計は三時十分前を示している。南の空はいよいよ明るく、行き交う人々の間に傘を拡げている者はほんの数えるほどしかいない。雨が止んでしまえば長く歩くにはやはり邪魔だったかもしれない。急に蝙蝠傘が手に重くなる。一体、なにから身を隠すつもりなのだろう、と先刻の自分を振り返って彼は苦笑した。

　自動販売機で二百円の切符を買った真吉が改札口に向おうとしていると、父親らしい中年の男が追い越しざまに大きな声で言うのが聞えた。

「おかしいなあ、子供を買ったのに、大人が出て来てしまった。」

「どうして。」

　小学校二、三年生くらいの女の子が伸び上って男の手から切符を取った。

「ねえ、どうして大人なの。」

「いいの、いいのよ。」

　娘が突き出す切符を押し戻して母親らしい女が言った。娘は不思議そうに切符を眺めてから、慌てて親達の後を追った。

　可哀そうに、あんたはもう大人にされてしまったんだよ、十年くらいは早く死ぬことになるかもしれないな、駆けて行く小さな背中にそう囁いてやりたいのを真吉は我慢した。間違って大人の料金で切符を買ったのだとしたら、父親は当然払い戻しの手続きをとって子供の切符を買い直したことだろう。まして母親が、それでいい、かまわないのだ、とおっかぶせるように言う筈はない。しかし子供の料金しか入れなかったのに販売機が大人の切符を吐き出したりするだろうか。あるいは機械が数字を超えるなにかを見据えていたのだ、と想像してみるのは真吉には快かった。そんなことを考えてみようともしない中年の両親がごく平凡な大人の男女に見受けられただけに、彼等の態度がなにかひどく残酷な仕打ちに思われた。もしかしたら、今は大学生にまで成長した子供達に対して、自分も知らぬ間に同じような大人の仕打ちを重ねて来た日々があったのかもしれない、という痛みが真吉を刺した。あの男と女の顔をもう一度正面からしっかり見ておきたいと願ったが、プラットフォームに立った彼がいくら眼で捜しても、下り線の側にも、線路を挟んだ上り線にも、三人の親子連れの姿はみつけ出せなかった。

幾らも待たずに高尾行の電車が滑り込んで来た。雨のために外出した人も少ないのか、出かけた先から帰宅するにはまだ早過ぎる時間なのか、車内はすいて無理すれば坐れそうな隙間がシートのあちこちにのぞいている。真吉の足はしかしドアの脇に停ったまま座席の方に向おうとはしなかった。乗車時間が短いせいもあるけれど、空席に興味を示さないのは、通勤電車の中では考えられないことだった。新聞や雑誌を手にしていないのも珍しかった。いつもとは全く異った電車の乗り方をしている自分を彼は強く意識した。微かな後ろめたさを溜めた身体を車体の振動にまかせたまま、黒い蝙蝠傘を床について彼はドアのガラス越しに過ぎて行く外の濡れた景色を眺め続けた。同じ中央線でありながら、通勤の囲いをはずれて西へ西へと進む窓外の光景は、初めて見るわけでもないのに雨に洗われて怖いほど新鮮だった。遠くを歩く小さな人影の上に、もう傘は拡げられていなかった。

その道の名前をいつどこで聞いたのか、真吉はどうしても思い出すことが出来なかった。おそらく、話の中で誰かがふと口にしたのを小耳にはさんだのだったろう。変った名前だと感じはしたものの、最初はさほど気にもしなかったその呼び名がいつか彼の内に棲みつき、次第に育って一本の美しい道の姿をとるようになっていた。もしも地図の上か本の中で名前を見かけていたのなら、真吉は決して今ほど道に惹かれてはいなかったろう。それが音の遊びであり、耳の悪戯《いたずら》であるのを彼は十分に知っていたのだから——。

そのことは数年前の秋の彼岸に墓参りに来た帰途、多磨霊園の裏門で武蔵小金井行のバスを待ちながら妻と交した会話の記憶の中にはっきり刻まれていた。

「この近くに面白い名前の道があるらしいよ。」

なにげなくそんな言葉が真吉の口から洩れた。霊園を出た広い空に武蔵野の匂いが漂っていたからかもしれない。

「道?」

いつまでも来ないバスに苛立っていた妻はさして興味もなさそうに問い返した。

「おたかの道って言うんだよ。」

「おたかの道?」

妻の声がそれを繰り返すのを聴いた時、早くも彼は後悔していた。

「もっとも、小金井ではなくて、次の国分寺の辺にあるらしいんだけどね。」

一つの名前があまりに浮き出してしまうのを覆うように彼は慌ててそうつけ加えた。

「ああ、国分寺のおたかの道。それなら知っているわ。」

「知っている?」

妻の答えが彼には意外であり、不満でもあった。

「場所までは詳しくないけれど、江戸時代の将軍が鷹狩りに通った国分寺跡のそばの道だって言うんでしょ。」

「鷹狩りだって?」

「あら、知らなかったの。鷹狩りの道だから〈お鷹の道〉って言うのよ。」

自分でも開けてみずに大切にしまっている包みを、いきなり妻の手で押し開かれた気分だった。

「鷹の道なのか……。どうしてそれがわかったんだ?」

「新聞の都下版だったかしら、なにかそういうところで読んだのよ。あなた、鷹でなければなんだと思っていたの。」

「だから、おかしな名前の道だなって考えていたのさ。」

それ以上答えることは真吉には出来なかった。〈おたかの道〉は自分にとって〈お多加の道〉であり、それが〈多加子の道〉である、などとは妻に説明のしようもない。その未知の女名前が妻に不快の念を与える以上に、一笑に付されてしまいそうなのが恐ろしかった。子供じみて、感傷的で、馬鹿げた思い込みであることは彼自身が誰よりもよく知っていたからだ。薄曇りの空から落ちる白い光にはまだ夏の暑さが残って汗ばんだ肌をちくちく刺した。バスを待つ人の群れも、埃っぽいあたりの空気も、立ち続ける足のだるさも、彼にはすべてが腹立たしかった。やはり口に出すのではなかった、と真吉はあらためて口唇を噛んだ。

「バスが来たよ。」

広い道路に姿を現した京王帝都バスの黄色いボディに眼をやると、彼は傍らの妻にぼそりと呟いた。

その後、おたかの道の話は二人の間に出なかった。真吉が言い出さない限り、とりわけの関心も持ってはいない妻がそんなことを話題にする筈がないのだから、当然の成り行きであるともいえた。

しかし、彼の中からおたかの道が消えてしまったのではなかった。むしろ逆に、皮を剝がれたおたかの道は、皮膚を失った肉の組織がひたすらに体液を滲み出させて赤剝《あかむ》けの傷を覆おうとするのに似て、彼の奥深くで必死に恢復への営みを繰り返していた。痛手を負ったことによって、その道は一層鮮かな輪郭で彼の内に美しく生き始めた。おたかの道が鷹狩りの道などであってたまるものか、と彼は思った。妻の言葉に説得力を認めれば認めるほど、それとは別に自分の身体の小暗い底をまっしぐらに走り抜けているもう一本の細い道が鋭く銀色に光って見えてくるのだった。

多加子は初めて真吉に乳房を見せてくれた女だった。なぜそんなことが起ったのか、後でいくら考えても彼にはわからない。雨の降る日の暗い喫茶店の片隅だった。店内には他に客の影もなく、離れたカウンターの上にかがみこんだ女主人が押し殺した声で長電話をしている後姿が鉢植の観葉植物ごしに窺えるだけだった。

コーヒーも、コップの水もとうに飲み干してしまっている二人の間に突然沈黙が来た。とりわけ熱っぽい言葉を交していたわけではないし、横に並んで坐ってはいたものの、肩が触れ合っていたのでもない。友人の噂話や講義の退屈さを話の種にしているうちに、ただなんとなく会話が跡切れただけだった。

「見せてあげる。」

唐突に多加子が言った。え、と真吉が訊き返した時、もう彼女の指は白いブラウスの胸のボタンを外していた。少し窮屈そうに身をよじった彼女の指先から微かな肌の匂いが漂い、持ち上げられたブラウスの裏側に怒ったような表情の柔らかなふくらみがあった。子供の頃から見慣れて来た大きく垂れた母親のそれとは似ても似つかぬ、新鮮で可憐なふくらみだった。乳房というより、むしろ突き出そうとするものが胸の内側に向けて引き戻されているような躊躇《ためら》いがちの重みが見えた。先にあるのは、どこが乳首か見分けのつかぬ薄赤い頂きだった。

「そっとなら、触ってもいいわ。」

少し嗄れた多加子の声が言った。真吉の手はおずおずとブラウスの内側に伸びた。生温かな手触りが曖昧な重さを伝えて来る。これをどうすればいいのか、と彼が顔を寄せようとした瞬間、チリンと音がして女主人の長電話が切れた。多加子の手は真吉の頭をゆっくりと押し返し、細い指が素早くブラウスのボタンをはめていた。その横顔になにか哀しみに似た色がにじんでいるのに真吉は戸惑った。

当然進むものと思っていた多加子との関係は、雨の日の後もそれ以前と全く変らなかった。会えば話はするし、帰り道に見かけて誘えば一緒にコーヒーを飲んだりはするものの、あの時のような突然の沈黙は一度も訪れなかった。口唇さえも触れ合わぬうちに彼女の姿は教室から見えなくなり、大学の構内から消え、いつか彼女は学園生活から忘れられた存在になっていった。身体を悪くして休学したらしいとの噂だったが、彼が出した手紙に一度も返事はなかった――。

国分寺駅の長いブリッジを渡った真吉は、南口の改札員に国分寺跡へ行くバスの乗り場を訊ねた。国立行のバスに乗り、鉄道学園で降りて進行方向に少し進むと案内の看板が出ているから、そこを左へ折れれば自然に行きますよ、と停車しているバスを指さして駅員は慣れた口調で教えてくれた。

乗客の二、三人しかいないバスのシートに腰をおろして発車を待つ間が寒かった。まだ九月だというのに、テレビの天気予報は今日の気温を十一月並みと告げていた。秋を置き去りにしていきなり寒さだけがやって来たかのようだった。

そのまま乗客がふえずに発車したバスは、南口の短い商店街を抜けるとすぐ坂を下り始めた。右にカーヴする傾斜の底に道を横切る細い流れが認められた。それを越えるとまた登り坂にかかり、停留所を一つか二つ過ぎるともう鉄道学園前のアナウンスが聞えた。

バスから降りた真吉の眼に触れたのは、鉄道学園の長い塀とその上から赤い小さな実の房を垂らしている植込みの木々だった。反対側にはむかし都営住宅と呼ばれていたような古びた小さな家の並ぶ住宅地が拡がっている。道路に面して米屋の看板をかかげた店があったがシャッターがおろされ、店の脇に米の自動販売機が置かれていた。米も自動販売機で買うのか、と感心して近づいてみると「故障中」の貼紙が貼られていた。

　駅で教えられたままにバス通りを進むと、住宅地は切れて草の生い茂った空地に変った。芒《すすき》の細い穂やおおいぬたでの濃いピンクの花が曇り空の下に伸びているのは当然だが、その間に棕櫚《しゅろ》竹や芭蕉の類が濡れた葉を光らせているのが異様だった。そこももとは住宅のあった土地であり、主を失った庭木達が行き場もないままに生長し続けているのだろうか。あたり一帯に漂う荒廃の空気が、なんとなく真吉の気持ちを和ませてくれる——。

　真吉が大学の四年生に進んだ春、多加子が復学したという噂を耳にしたが、その当時彼は既に別の女子学生に夢中になっていた。その上、二年生までが学ぶ校舎と彼の進んだ学部とは離れた土地にあったため、わざわざ多加子に会いに行こうとする気持ちは起らなかった。もしかしたらあの雨の日、俺はよほど飢えた顔でもしていたのかもしれないぞ、と考えて苦笑するのがせいぜいだった。いずれにしても、飛び去るように時が過ぎる若い日の彼にとって、多加子は既に遠い過去の人間になっていた。

　大学を卒業して暫く後、入学時のクラス会で昔の友人達と顔を合わせたりすると、それでも多加子の名前が席上に出ることはあった。社会科学系のクラスだったので彼女が紅一点のせいもあったろう。在学中はさして親しくもなかったのに、酒の酔いがまわると、お多加さんはどうしたろうねえ、などと声を張り上げる同級生がいた。復学した後のクラス会の方に出ているのではないか、と訳知り顔に答える者もいた。

そんな時、世話好きで几帳面な点を買われて万年幹事を務めている渡辺が大きな身体で立上り、これは入学時のクラス会なのだからその後卒業が遅れたとしても当然お多加さんは我々のメンバーであるのだが、古い名簿で通知を出しても受取人不明で葉書が返って来てしまうようになった、と説明するのだった。結婚して子供も生れていた真吉は、渡辺の言葉を遠くを吹く風の音のように聴いていたに過ぎなかった。

その多加子のことが、歳を重ねて中年を過ぎ、勤め先の停年まで残された数字が一桁でかぞえられるようになってから、俄かに重く思い出されるようになった、といえば嘘になる。嘘というより、正確ではない。もともと起ったのは、喫茶店の片隅でのささやかな出来事でしかなかった。くすんだサムホールの絵のような小さな光景でしかなかった。忘れていることはあっても決して消滅することのなかった小さな絵に、以前とは違った光がふと当り始めたのだ、といえばいいだろうか。恥じらいよりは、つんと怒った表情の勝る白い乳房が、老眼鏡をかけねば新聞はおろか単行本の活字も読めなくなった眼の裏を駆け抜ける折がある。それはちょうど今の息子の歳に、自分が出会った事故に似たなにかだった。

偶然耳にはいった一本の道の呼び名が悪戯をした。初めは冗談のように遊び半分に——。ほう、そんな女名前の道があるのか、いつか一度はそこを独りで歩いてみたいものだ……。

数年前の墓地からの帰途、真吉が道にかぶせた女名前は妻の手によってあっさりと剝ぎ取られてしまったが、その修復に努める彼の内に、武蔵野を走る現実のおたかの道がちらつくようになった。郷土ブームの昨今のことだから、なにやらもっともらしい名称が捧げられていたとしても、どうせ白く塗られた金属板に青いペンキで名前を書かれた横長の標識が立てられているようなありきたりの道に過ぎぬのだろう。しかし国分寺跡といえば一応はかなりの敷地が残されているに違いないのだから、その周辺に発する道がいきなり住宅街を縫っているとは思えない。武蔵野の丘陵があり、林が立ち、丈高い草の茂る間を車一台が走れるほどの細道がしばらくは続いていても悪くはない。もしそうなら、なるべく寒い冬の日にそこを歩きたい、と真吉は思った。木枯しに顔を刺され、赤くかじかんだ手を枯草に切られるようにして進んでいけば、たとえおたかの道が〈お鷹の道〉であったとしてもそれなりに納得出来るだろう。厚手のコートの襟を立て、背を丸めて北風の吹く細い道を一心に歩いて行く愚かな男の影に、真吉は熱い親しみを覚えずにはいられなかった。

それだというのに、突然初秋の日曜日に出かけて来てしまったのは雨の運んだ十一月並みの気温のせいだけだったろうか。

いや、むしろ家の中があまりに静かだったためではなかったか。長男が夏休み末期のクラブの合宿に信州に向けて出発し、次男が友人の家へ泊りがけで遊びに行くと、後には真

吉夫婦しか残らない。俺達の老後とはこんなものなのだろうか、という思いが真吉の胸をかすめた。二、三日来風邪気味の妻が昼から床をとってひっそり寝てしまうと、家中から人の気が失われた。

その静寂から押し出されるようにして真吉は家を離れたのだった。つきあいでも、買物でも、ゴルフでもなく、純粋な個人の用件で独り外出するなど、出不精の彼にとっては絶えて久しいことだった。なにものに向けられているのか定かではない期待と、なにを恐れているのかはっきりしない不安とが歩く足にまとわりついて離れなかった。

「震災時避難場所入口・史跡武蔵国分寺公園」と書かれた標識が銀色のポールから吊るされて微かな風に揺れている角に辿り着いた。左に折れる人気のない道が望まれた。駅員の教えてくれた道はこれを行くのだろう。

どんなふうにしておたかの道に出会うのか、と恐る恐る真吉は足を進めた。出来ることなら不意討ちを食わされるのではなく、こちらの方から狙いを定めて一歩一歩迫って行きたい、と真吉は願った。草や木の入り乱れて茂る空地と小学校との間の道は綺麗に舗装され、忘れた頃に乗用車が濡れたタイヤの音を残しては走り抜けて行く。

消防署の前を過ぎると、「この先急カーブ」の黄色い標識が現れた。道は曲りながら人家と土手に挟まれた坂を下って行くらしい。カーヴのふくらみをつくる土手の上にあるの

は神社だった。傾斜に誘われて少しずつ足が早くなる。社殿へ通ずる急な石の階段の前を大股に過ぎ、樹木が切れて周囲が明るくなったと感じたとたん、低い石垣に囲まれた平坦な広い草地の前に出ていた。国分寺跡だった。

先刻から時折ぱらついていた雨が俄かに強くなった。サイクリングに出かけて来たらしい少年達が慌てて雨やどりする陰を求めて、草地の隅に立っている枝を拡げた低い木の下に自転車を引き込んでいる。

やはり持って来てよかった、と頷いた真吉は黒い蝙蝠傘を開いた。それにしても、あまりになにもなかった。丈の低い草の間に丸味をおびた大きな石が点々と散在するのみで、あとは雨に煙る大気が草の上に押し黙っているだけだ。なまじ周辺を石垣などで小綺麗に囲っただけに、寺の跡は公園風の緑地と化して荒廃の気配すら漂ってはいない。騙されたような気分で濡れた草を踏み、ここでゴルフの練習をしないで下さい、と書かれた注意書を横目に睨みつつ彼は史跡の敷地を空しく歩き廻るしかなかった。初老の夫婦連れが、一段高く石で囲まれた草地の前に立てられている黒ずんだ板の説明書きを傘を傾けて読んでいたが、真吉はそちらに近づく気にもなれなかった。これではおたかの道も想像したものとは相当かけ離れているに違いない、と彼は覚悟を迫られる気分だった。

眼をあげれば、まだ緑の濃い台地が先刻降りて来たばかりの坂の上にかけて東西に長く連なっている。北に向けて高まる斜面のすぐ下の平地なのだから、寺の立地条件としては悪くなかったろう。しかし雨空の下に横たわるがらんとした空間に、いま七重の塔や金堂などの古代国分寺の面影を思い浮かべるのは難しい。まして、北を除く三方向には、史跡の近くまで赤や青の屋根を持つ小さな人家がひしめき合い、コートの襟を立てて歩くような荒野の一本道など望むべくもなかった。こんなことだろうと思った――前からとっくに承知していたように呟いて自らを慰めながら、彼は丈の低い草の生えた土地を斜めに突切って戻りはじめた。ズボンの裾の濡れるのが気にかかり、靴の中まで水気の滲み込んで来そうなのが不快だった。

どちらへ進むというはっきりしたあてがあったわけではない。ただ、草地を巡ってちまちまとした住宅の間にはいって行くあっけらかんとした舗装の道路は、たとえ車がすれ違えぬほど細かったとしても、殊更おたかの道などと命名するのはさすがに気がひけるだろう、と考えざるを得なかった。としたら、東でも西でも南でもなく、こんもりと樹木に包まれた北側の台地の下にしか道の隠されている可能性はない。真吉の足は自然に北に向った。石垣の切れ目の脇に大きな案内板の立っているのが認められたが、それに近づこうとする気は起らなかった。地図などに頼らず、いきなり自分でおたかの道を見出したい、と願っていたからだった。

神社の下を通っていた道路に戻ると、境内に続く草木に覆われたスロープになんとはなしに惹きつけられた。詳しい地形はわからないが、そのあたりで台地は一度北に窪んでいるらしい。両側から丈の高い木のかぶさるトンネルのような小暗い道が奥に通じている。躊躇いがちに足を進める真吉の右手に突然古びた山門が現れた。山門の横には白い壁の人家があり、反対側には入口に工事中のシートの垂れた万葉植物園が向い合っていた。史跡は石垣で囲まれた公園風の草地だけでなく、道路をはさんだこの周辺一帯に散らばっているのかもしれない。幾人かの見学者がひっそりとフラッシュを焚《た》いて山門の写真を撮った。青白い閃光を避けるように真吉は行き止りと思われる小路の奥にまで足を入れた。頭上の枝から落ちる水滴が時折傘に大きな音をたてて当った。

もうここまで、という突き当りの一歩手前まで来た時だった。とりわけ枝を拡げた樹木の下の暗がりに、なにか獣を感じさせるような太い木の枠組の鈍重な札が蹲《うずくま》っていた。〈お鷹の道〉という消えかけた横書きの字がその表面にぼんやり浮かんで見えた。

道などないではないか、とまず思った。驚きと不満のないまぜになった奇妙な感情に襲われた。屋敷の裏門に似た戸が行手を阻《はば》み、その足許を細い流れが走っている。流れを眼で追うと、家の裏道に似た小路がそれに沿って短く伸び、また人家に遮られて先がどうなっているのかは見届けられない。異様なのは貧弱な小路に仰々しく石畳が敷かれていることだった。

とうとう出会ってしまったらしい、と真吉は大きく息をついた。たとえどんな姿であるにせよ、捜していた道がここにあることだけは明らかだった。そうと決まれば急ぐこともあるまい。時計を見ると四時五分過ぎだった。

道の入口をもう一度眺めてみたい、と考えた真吉が少し後戻りすると、先刻の獣に似た丈の低い木札の向い側に、こちらはまだ木の色の新しい案内板が顔の高さに立てられている。〈お鷹の道遊歩道〉と書かれた下の説明文を彼は表情も動かさずに読みくだした。

〈お鷹の道〉は江戸時代に将軍家が鷹狩りに行き来するのに使われたといういい伝えがあり、数少なくなった武蔵野のおもかげをできるだけ自然の姿で保存するため、寺院〈国分寺〉や真姿の池から流れ出る湧水路沿いの〈お鷹の道〉を合わせ、緑の武蔵野と史跡探勝遊歩道に整備したものです。

国分寺市

〈お鷹の道〉とは草の間に続く野道を指すのでないのはもちろん、狭い舗装道路でさえなく、わざとらしく石畳を敷かれた遊歩道の名称であったのだ。なるほどねえ、と口の中で呟いて真吉は案内板の前を離れた。木立の陰から出ると一斉に傘に当る雨の音が身を包んだ。

どこへ行き着くのか見当もつかぬまま、彼は濡れた〈お鷹の道〉に足を踏み入れた。一メートル余りの幅に敷かれた御影石の表面はごつごつと靴底に当り、窪みには水が溜って歩きにくかった。人家の裏手にすぐ突き当った遊歩道は直角に左に折れ、水路を右手に従えたままゆるくうねって先へ先へと伸びていくらしい。流れは薄く濁って水に勢いはなかった。

　行けば行くほど、それは不思議な道だった。左側にあるのは広い敷地をもつ旧農家でもあるのか、がっしりした大谷石の塀が一度始ると延々と続いて容易に跡切れないのに対し、石畳と似た幅しかない水路越しの右手は小さな人家の裏側であり、そちらには塀もなく、青木や紫陽花《あじさい》がなげやりな姿態を見せる間に、大きな植木鉢が転がったり、使われなくなった自転車が赤錆びたハンドルを立てて倒れているのが窺える。更に進めば小さな家と家の間から、すぐ向うに平行するらしい道路を走る車の影が見え隠れもする。つまり、ありふれた郊外住宅のすぐ背後に、冗談のように石畳の遊歩道がひそんでいるのだ。

　最初の四つ角で流れは横から来た水路と合流し、俄かに水の量が多くなる。それだというのに、ほんのしばらく歩くとまた水は薄く濁って勢いを失って来る。所々に、念を押すかのように〈お鷹の道〉〈お鷹の道〉と白い字で書かれた標識が現れる。

　二つ目の四つ角の手前で野球帽をかぶった小学生らしい男の子達が二人、声をあげて水の上にかがみこんで遊んでいた。道が浅くえぐられたようにそこだけ流れがふくらんで小さな水の溜りが出来ているのだが、二人はビニール袋に入れて持っていた小指ほどもない赤い金魚を溜りに放し、それが流れに泳ぎ出ると大騒ぎして捕えてはまた溜りに連れ戻しているのだ。そのくせ、金魚がいつまでも逃げないと小枝でつついて追い出そうとする。

「ゴーモン、ゴーモン。」

枝を持った子供が少し陰のある声で言った。

「あれ、どっか行っちゃった。おい、おどかすなよ。」

もう一人の子供の掌から金魚がまた溜りに投げ返された。

「潰してやれ。」

枝を持った子供が言った。

「だめだよ、可哀そうだもの。」

もう一人の子供が独り言のように呟いている。

立停って眺めている真吉に気がつくと子供達の動きは急に活気を失った。雨は小降りになってもう傘なしでも歩けそうだった。

水の流れだけは見えるのに、〈お鷹の道〉はその角で突然一軒の家の玄関のドアにぶつかった。流れは道の下をくぐって左側に出たようだが、玄関の脇には丈の低い木があって人ひとりがやっと通れそうな隙間しかあいていない。ここで終りか、と思った時、車の走る道路の側から歩いて来た男が無造作に玄関の横を抜けてその隙間にはいりこんだ。惹かれるように後に従った真吉は、また水路沿いの道を歩いていた。そのあたりから流れの縁は丸い石を埋めたコンクリートで固められ、両側にアパートが多くなった。腹のふくらんだ女がスーパーマーケットの白い袋を提げてさもだるそうに歩いて来る。石畳の端に軽く身をよける彼の前を顔色の悪い女は無表情に通り過ぎ、一軒のアパートの外階段をつまらなそうに踏んで二つ目のドアに消えた。気がつくと片側に電柱が立ち、蛍光灯の街灯が薄青くともっている。

二度目に行手に立ちはだかったのは、中に乗用車の納った伸縮式の黒い鉄の門扉だった。そこは完全なT字路となり、もう家の横をすり抜けることなど出来そうにない。果して、アパートのブロック塀の前に再びがっしりした横長の木枠の札が待ち構えていた。〈お鷹の道遊歩道〉と書かれた文字は黙って道の終りを告げていた。もう一度引き返してみようか、とちらと思ったが、真吉はすぐにその考えを打ち消した。樹木に覆われたおどろおどろしい薄闇の下から始ってあっけらかんとしたアパートの家並みまで辿り着いたこの道を戻ってみても、結局なにもありはしないことは明らかだった。

振り向きもせずに鉄の門扉の前を折れ、勝手に駅の方向と決めた左手に向けて真吉は歩き続けた。咽喉が渇いて腰が痛かった。時計を見ると四時四十分を指している。三十五分間の呆気ない〈お鷹の道〉だった。どこかに坐ってビールでも飲みたい、という切実な願いが彼を捉えていた。しかし、くねくねと曲る道路はあまり金のかかっているとは見えない新しい住宅ばかりが並ぶ一画を容易に抜けそうにない。道がこれほど不規則にうねるのはもと農道だったからであり、田畑が宅地に変って家が並ぶようになってからまだ歳月が経っていないのだろう。

それにしても、このあたりに家を建てて住むのはどんな人間か。国分寺跡に近くてね、うちのすぐ傍に〈お鷹の道〉という遊歩道があるんだよ。細い流れに沿った石畳の道でさ、なかなか趣きがあるぜ。まだ武蔵野の匂いがちょっぴり残っていたりしてさ……そんな声が聞えて来る。三十幾年も勤め続けて遂に役員には手の届く見通しもつかなかった男の、疲れの滲み始めている善良そうな顔。それでも親から引き継いだ古い家を増築して住み、三十幾年も前のたわいもない思い出と戯《たわむ》れ、遊びとも真面目ともつかぬ気分のまま、一本の道を捜して雨の中を出かけて来るよりはよほど堅実でまともな人間だといえるだろう。しかもその道は両側をアパートに包まれて終り、細い水路が家々の裏を流れるドブ川に変ることは眼に見えている……。

いきなり名前を呼ばれて真吉はぎくりとした。

「いやあ、そうじゃないかと思ったんだが、あんたがこんな所を歩いている筈がない、と考えたりして、声をかけようかどうしようか迷っていたんだよ。」

柔らかそうな白い長袖シャツにぽってりとふくらんだ腹を収めた下駄履き姿の渡辺が大きな身体で眼の前に立っていた。

「そうか、おたくは国分寺に家を建てて引越したって言ってたな。いつか挨拶状をいただいたのを思い出したわ。」

直前まで自分の中に描いていた人物が実は渡辺だったのかもしれぬ、と気づいて真吉は慌てた。

「家を建てるなんて言えたもんじゃないですよ。ようやく小平の団地を出てね、まあなんとか落着きはしたけれど。このちょっと先なのよ。寄って行ってくれないか。」

「ありがと、でも突然のことだし、今日はまだ少し……。」

「仕事の用で出かけて来たの？　でも、もう済んだ帰りじゃないの？」

「個人的な用件には違いないけれど……それが済んだのも確かではあるんだが……。」

「それならいいでしょうが。他に問題があるのかな。」

渡辺の家に寄る気持ちは起らなかったが、懐しげに眼を光らせている彼を前にすると、ふとなにかを洩したい衝動に真吉は駆られた。

「実はね、急に思い立って、〈お鷹の道〉というのを歩いてみたくなったものだからさ。」

「〈お鷹の道〉？　へえ、それはまた珍しい人だな。俺も越して来て間もなく一度だけ女房と散歩してみたけどね、変なものでしょ。なんだかわざとらしくてさ。」

「あんなふうだとは思わなかったんだよ。ただ名前だけ聞いて、面白そうな道だなって感じたんでね。」

「名前はいいよ。名前だけはね。〈お鷹の道〉だなんて……。」

言葉を跡切らせた渡辺が一度空を仰いでから急に顔を近づけて来た。

「全然別の話だけど、俺達のクラスにいたあのお多加さん、気の毒なことをした。」

「お多加さんがどうかしたのか。」

渡辺の口からその名前の出たのが突飛なようでもあり、また当然のことのようにも思われた。なぜかあたりがしんと静まり返り、どこかを走る車の音だけが遠くに聞えた。

「亡くなってたんだよ、もう六年も前に。」

「死んだ?」

空がずうんと高くなった。渡辺の後ろで、門から自転車を出そうとする子供がペダルを鉄の扉にひっかけて苛立つ姿がくっきりと眼に映った。

「彼女が復学したクラスの連中にやっと連絡がとれてわかったんだが、腎臓を悪くしてね。」

「腎臓なんかで死ななくてもよかったろうに。なんとかならなかったのか。」

「六年前ならまだ四十代だものねえ。あんたは俺なんかよりお多加さんと親しかったよね。」

少しはね、と曖昧に答えたまま真吉は次の言葉を継げなかった。

だから、そういう昔のことをうちで少しゆっくりと語り合おうよ、という渡辺の誘いを丁重に断り、真吉は別れを告げて駅への道を歩き出した。次の角を右に曲って一方通行の標識の出ている道を左に折れると駅へのバス通りに出る、と渡辺は教えてくれたが、真吉はそれを熱心に聞いてはいなかった。迷えば迷った分だけ歩けばいいのだ、と身体のどこかが小さく叫んでいた。

細い一本の道が閉されたかのようだった。閉されたのではなく、その先がふっと消えてなくなったかのようだった。しかし足許の道は渡辺の教えた通りに真吉を確実にバス通りへと運んでいた。行手に車の往来する道路があるらしいと感じた時には、もう先刻のバスで登った坂の途中に出ている自分に気がついた。とろとろと坂を下った底に、道を横切る水が流れていた。しっかりと両岸をコンクリートで固められ、その上に等間隔でコンクリートの桁が渡されている家と家との間の川だった。夕闇に包まれた流れの色は黒かった。足の下を行く川が〈お鷹の道〉の水路とどうつながっているのか、真吉には見当がつかなかった。ただ、なんとなく水の流れる方向が彼には逆のように思われてならなかった。

# せんげん山

金属製の重い扉が厭な音をたてて背後で閉った。冷えたコンクリートの通路に音はこもり、逃げる辰造をどこまでも追って来る。一階に沈んでいるエレベーターを苛立たしく呼びあげながら、しかし彼はいま抜け出して来た通路をそっと振り返ってみずにはいられなかった。

——七一九号の扉が細く開き、そこから覗く白い顔が遠くに見えるのを期待したのだが、午後のマンションは静まりかえり、クリーム色の扉が一定の間隔で無表情に並んでいるだけだった。五十も過ぎたというのに、まるで青臭い餓鬼《がき》じゃないか。ようやく扉を開いたエレベーターに乗ると、一階のボタンを押して大きく息を吐いた。慌ててコートを引摑み部屋を飛び出した自分が、滑稽で、哀れで、やり切れなかった。

アグアグアグアグアグアグアグと辰造は声に出して顎で空気を嚙んだ。そうでもしなければ、いま久美子の前で曝《さら》したばかりの醜態に耐えられそうもない気分だった。口の中でクッキーの粒が居心地悪くざらついた。

いや、人によっては、と降り続けるエレベーターの中で彼は考え直そうとした。あんな時、人によってはおどけた言葉の一つも口に出して悠然とかまえ、一瞬前の出来事などまるで知らぬ顔をして窓からの眺めに話題を転じたり、乾ききった天気に話をそらしたりするのだろう。すると相手も調子を合わせて言葉を継ぎ、二人の間にあったことなど土をかぶせてそのままやりすごせるに違いない。

ところが俺は、なんの経験もないのに想像だけでがんじがらめになっている少年みたいに突然あの部屋から飛び出してしまったのだ。あれではまるで、土を掻き出してわざわざ穴を相手の眼に曝したようなものではないか。アグアグアグアグアグ……。空気を嚙み続ける辰造の身体は、ひどく速度ののろいエレベーターに運ばれてゆっくりと降りていく。

十一月に結婚して三か月経った久美子から、一度お招きしたいと考えていたのですが、ようやく落着いたので次の土曜日にでも夜のお食事をするつもりで午後早めにいらして下さいませんか、と会社に電話があった時、彼女の新しい住いが小金井に決ったことを辰造は初めて知らされた。

「間違えないで下さいね、中央線の武蔵小金井ですよ。」

「馬鹿にしなさんな。そっちの方面は詳しいんだから。」

「そうなんですか。」

「そうなんですよ。草野さんと同じに、俺も結婚した当初は小金井に住んでいたんだからね。」

「知らなかった。……どの辺に?」

「前原町といったな。」

「あら、うちも前原町。三丁目。」

うちという久美子の言葉が、どこかまだひ弱で固い殻をまとってはいないように感じられた。

「三丁目といえば駅の近くじゃないか。」

「そう。歩いて五分。」

「畜生、いいとこに住んでるな。俺がいたのは五丁目だから、小金井といっても南の端に近いあたりだけどね。多磨墓地の方に下る長い坂があるだろ、府中行きのバスに乗ってそれをずっと行くんだよ。坂が終ってからどんどん行くと、小さな郵便局があったり、モーター屋があったり、時計工場があったりしてさ、その先の、あれ、なんだったかな、降りる停留所の名前が出て来ない……。とにかく両側に畑が開けて、裏の方にぽっこりと妙な低い山が盛り上っていたな。平地にいきなり現れたような細長い山だったから、あれは古墳じゃないのか、と勝手に考えていたんだけどさ。」

話し始めると、二十年も前に親しんでいた光景が身の内に湧き出してとまらなくなった。登ってみたらあれは前方後円墳かもしれないぞ、と話しかけたのに、そう、と答えたまま妻は全く興味を示さなかった。それに気勢を削がれたのか、社宅が空くまで三年も住んでいた土地なのに、名前だけはせんげん山と聞き知ったその山に遂に足を向けずに小金井の暮しは終っていた。毎朝乗った満員バスのこと。バスにはまだ女車掌がいたが、よく見かける鰓《えら》の張った神経質そうな中年男が、ある時女車掌の無愛想な振舞いに腹を立てて突然大声で怒鳴り出したことがあった。辰造もその車掌に好感を抱いていたわけではなかったが、蒼ざめた顔で内臓の裏側まで剥き出すようにいきり立つ男の方に遥かに強い嫌悪を覚えた。終バスの出てしまった夜遅くには、タクシー待ちの長い列に並んで寒さを堪えながら足踏みしなければならなかった。街なか育ちの妻は買物の不便をこぼし、もう少し待てば荻窪の社宅が空くのだから、と辰造は会社の紹介してくれた小金井のアパートの家賃の安さを繰り返し説明させられた。

「そんな所があるんですか。坂の下の方には全然行かないから。」

見も知らぬ遠い土地の話を耳にしたようなのどかな声で電話の久美子は応じた。

「坂の手前の四つ角にはガソリンスタンドがあったろう。そこを曲れば明治屋がある。」

「ほんと、よく知ってる。その坂の途中に建っているマンションなんです。」

「坂の途中？　駅から行くとどっち側？」

「右側。」

「すると下から行けば左側か。そこには上の方に少し木立があったけど、その根元からは土が流れ落ちたような高い崖だったぞ。」

「嘘。崖なんかないもの。あ、マンションの裏側には低い崖があったかな。」

「おそらく崖を切り崩して整地した後に建てたんだよ。」

「わかんない……。」

「とにかく、崖のどこかに愛の巣を作ったわけだ。」

ふふ、と久美子は含んだ声で笑ってから、いたずらっぽくつけ加えた。

「高い崖から卵を落っことしたりして。」

「おい、もう落っことしたりしたのか。」

久美子の口から出ると、卵のイメージが妙に生々しく耳にこびりついた。殻のない濡れた小さな卵だった。その瞬間、忘れていたバス停の名前が咄嗟《とっさ》に浮かび上った。「蛇窪」だった。なぜか躊躇《ためら》われてその呼び名が口に出る前に、久美子がとぼけた声を返していた。

「はあ?」

「え?」

「卵は冷蔵庫にしまってあります。」

電話の向うで、上眼づかいに天井を睨んでみせる久美子の顔が見えた。三月前までは、昼休みなどによく部屋の中で眼にする彼女の表情だった。

ようやく過去の風景から脱け出した辰造は、その日は御主人もお休みなんだね、と念を押した。うちと違って、となにげなく言いかけた久美子は慌てて、おたくのような大会社と違って、と言い直し、こちらは中小企業ですから土曜日も午前中は出ますけれど、三時には帰っていますから、と答えた。ありがとう、是非伺わせてもらうよ、と礼を述べた後、彼は少し声を落して、もう一つ気にかかっている質問をそえた。

「お招きいただくのは、他にも誰かいるのかしら。」

「誰も。久保さんだけですよ。」

「僕みたいな壁際族を呼んで下さるのは嬉しいね。」

「だって、五年間、一番親切にしていただいたから。それに、特別の送別会もしてもらったし。」

　異動の激しい部署だったので、久美子の入社から終りまで、部屋の中で一緒に過したのは厄介者として壁際に追いやられている辰造一人だけだった。誰も本気では相手にしない辰造の席になぜか折にふれては近づき、椅子を引き寄せて遠慮のない話を交す程度のつきあいでしかなかった筈だが、その久美子から会社をやめると告げられた時、自分でも驚くほどの寂しさに彼は襲われた。次の日、辰造は彼女を夜の食事に誘った。子供のいない彼ではあったが、年齢からいえば娘ほどの歳頃にあたる久美子と共に過すひと時はしっとりとして楽しかった。行きつけないレストランに坐り、ワインまで抜いてささやかな乾杯をした。

帰り道、地下鉄の駅へ向けて歩きながら、もう会社をやめるのなら、君と俺の関係は今後男と女の間柄だぞ、と辰造は冗談めかして口にした。退社するのは結婚のためだ、と教えられたことがかえって彼の口を軽くした。しかし、ほんの微かに心の片隅でそんな気持ちが動いたのも事実だった。

「そうかあ……。そうなるのかあ……。」

酒に弱い久美子は赤みの浮かんだ頬に指の背をあてながら、いつもの上眼づかいをしてみせた。

「もし俺が、本当はずうっと君を好きだった、と言ったらどうする。」

辰造は久美子の薄い肩に肩で触れた。

「もしも私が、本当はずうっと久保さんを好きだったたって言ったら?」

「ダメだね。」

「ダメだな。」

二人は声をあげて笑った。笑いながら、久美子は辰造の腕に腕をからめ、がっしりした肩にそっと頬をのせた。まばらな人通りはあったが気にはならなかった。もしも俺が……、もしも俺が……、と声には出さずに繰り返しながら、ひどく毀《こわ》れやすい大切なものを運ぶ足取りで彼は歩き続けた。地下鉄の駅への降り口に白い明りが灯っていた。

「だめだから、帰ろう。」

声が掠《かす》れているのに気づいて辰造は咳払いした。下口唇を嚙んだ久美子が、上眼づかいに夜空にあげた瞳を二度、三度左右に素早く動かした。懸命になにかを捜している表情だった。

「帰ろう……か。」

最後の、か、が小さく聞えた時、辰造は駅への階段を降り始めていた。

土曜日の昼過ぎ、今日は会社の同僚の家に招かれているから夜の食事はいらない、と伝える辰造の言葉を聞くと、それじゃ私も少しゆっくりして来るわ、と言いおいて和服に着換えた妻は一足先にお茶の会へ出かけて行った。

残された辰造はなんとなく落着かず、ベランダに出して陽をあてているシクラメンやベゴニヤの鉢を居間にいれ、戸締りと火の安全を確かめて早目に家を出た。

途中、小田急線から乗り換える際に新宿のデパートで手土産に赤と白のワインの詰合せを買うのに多少の時間を費したが、それでもまだ三時過ぎに久美子のもとを訪れるのにはたっぷり余裕があった。夫の帰宅時刻を告げられている以上、その前に新婚夫婦の家庭にはいるのは憚《はばか》られた。まして夜の食事に招かれたにしてはあまりに早く着いてしまう。暇をつぶすのなら、二十年も前に引越して以来一度も足を運んだことのない小金井に着いてからにしよう、と考えた辰造はそのまま中央線の高尾行に乗りこんだ。土曜日の午後は、いつもこんなふうにして家に帰ったのだったな、と思い出しながら彼はぼんやり窓の外を眺めていた。

吉祥寺を過ぎて電車が高架から地上へ下りて走りはじめると、昔馴染んだ線路脇の風景が身体の奥に滲みこんで来るようだった。人家の間隔が少しずつあいてその間に空地や、畑や、木立が挟まれるようになる。しかしテニスコートや自動車教習所、ゴルフ練習場の高い金網などは彼の知らないものだった。

電車から降りたプラットフォームに改札口があり、階段を使わずにそのまま外に出られる下り線の便利さは昔のままだった。こんな駅は中央線にもう幾つも残っていないのだろうな、と懐しさを覚えつつ辰造は改札口で切符を渡した。タクシーが並んで客待ちをする南側の狭い空間も変ってはいなかった。

しかし商店街に踏みこむとさすがに店の佇《たたずま》いは新しくなり、そば屋も、洋品店も、本屋も見違えるほど立派に建てなおされている。驚いたのは、かつて間口の広い雑貨屋風の店だった所に高いマンションが建設され、その一階にはいった商店が生活館などと名をかえて洒落《しゃれ》た雰囲気の店に変貌していることだった。あちらこちらと店をのぞき、煙草を買ったり、本屋で雑誌を覗いたりしているうちに、いつか時計は三時を過ぎていた。

教えられた久美子のマンションは、想像通り崖を削った後に、坂道に上半身を突き出すようにしてどっしり建っていた。土曜日の午後だというのに中はひっそりと静まり、子供の声も聞えない。エレベーターに乗って七階へとひとり運ばれている間、辰造は急に気が重くなるのを感じた。ひどく馬鹿馬鹿しいことに関わってしまったのではないかという気分が、無理やりに七階へ向けて吊り上げられていく。久美子の退職直前、会社の帰途に彼女に誘われて一度だけ会ったことのある、相手の男性の眼鏡をかけた細い顔立ちが鬱陶《うっとう》しく蘇った。これからの幾時間かを狭い部屋の中で一緒に過すことに耐えられるだろうか、と思い始めると後悔の念が身を捉えた。

そんな辰造の迷いを面白がっているかのようにのろのろと昇り続けたエレベーターは、七階に着くと黙って扉を開いた。そこまで来てしまえばもう仕方がなかった。背を押される気持ちで彼はエレベーターを降りた。

扉の横に掲げられた番号を追って七一九号に辿り着いた辰造は、そこでまた怯《ひる》まねばならなかった。番号の下には見慣れた「草野」の姓はなく、「島村安之」というプレートが出されているだけだったからだ。確かに新しい姓は久美子から聞かされていた筈なのに、それが「島村」であったかどうか、俄かに自信がなくなっていた。

揺れ動く自分に愛想をつかして辰造はチャイムのボタンを強く押した。金属製の扉の内側に人の近づく気配が感じられ、乾いた音をたてて、鎖がはずされた。

開いた扉の中に、紫色のセーターの下に黒いロングスカートを穿《は》いた久美子がすらりと立っていた。おお、と辰造は危うく声をたてるところだった。歳のわりにはふっくらとして子供じみたところのあった彼女の顔に、今は色のない線が描き加えられたような陰影が生れ、仄《ほの》かな気怠《けだる》ささえ漂っている。結婚しただけでこんなに変るとは彼には信じられなかった。今まで見て来た若い娘達は、結婚しても、果してこれが人の妻なのか、と疑いたくなるほど身なりも表情もそれ以前と変らなかったものだ。

歳上の女に会っているのではないか、という奇妙な錯覚に襲われて彼は自分の年齢を見失いかけた。そんな印象を口に出さなかったのは、奥にいるに違いない若い夫の存在に気がねしたからだった。

「すみません、さっき電話があってね、帰りがけに急な用事が出来て、四時頃になるっていうんですよ。」

ふかふかとした毛のスリッパを揃えた久美子は身を起すと申し訳けなさそうに言った。

「もっとゆっくり来ればよかった。少し近くを散歩でもして出直そうか。」

ほっと救われた思いと間の悪さとの絡み合った複雑な心境に立たされて、辰造は靴を脱ぐのを躊躇った。

「寒いでしょう、外は。熱いお紅茶いれますから、それでも飲んで身体を温めていて下さい。ちゃんと私がお相手しているようにって言われているんです。」

久美子の開いたドアの先に窓があるらしく、そこから白い曇り空の明りが見えた。

「いや、旦那の留守に男が上りこむのはなんとなく不見識に思われそうで。」

言いながらも彼はスリッパに足を入れていた。柔らかな履き心地が快かった。

「大丈夫です。私はいじめたりしないから。」

窓際のソファーをすすめてから、左手のキッチンらしい仕切りにはいりかける久美子がセーターの背中で言った。

「違うよ。俺が若い奥さんを取って喰ったりしないか、と心配してるんだ。」

「自分でですか。」

「そう、自分でさ。」

「心配ないわ、これがあるもの。」

キッチンの壁の脇からいきなり文化庖丁が突き出された。紫色のセーターの袖からのぞく手首が白かった。

「物騒だな。近頃の新婚家庭には庖丁のないうちがあるって聞いたけど。」

窓を背にしたソファーに腰をおろした辰造は、手首だけの久美子に言った。

「へえ、どうして。」

「手を切ると危いからって、お嫁入りする時に母親が持たせないんだそうだ。最近の家庭料理は庖丁を使わなくても出来るものらしいね。」

「あら、私、お魚のおなかのグチャグチャだって出しますよ。」

壁の向うでなにをしているのか、見えている手に握られた庖丁が小さく揺れた。揺れながらも、切先が真直《まっすぐ》自分に向いて逸《そ》れないのが少し気味悪かった。

「偉いもんだ。それなら人間のはらわたなんか出すのも簡単だな。」

「かーんたん、かんたん。」

声と一緒に皿の触れ合う小さな音が壁の陰から聞えた。

「わかったから、庖丁をもうしまえよ。こんなところをもし旦那が帰って来て見たら、俺があらぬ誤解を受けるじゃないか。」

ドアが開けたままになっている居間の中から辰造は玄関に眼を走らせた。はずされた鎖の垂れているのが見えた。視線を戻した時、キッチンとの境の壁の縁にはなにもなく、そこから紅茶茶碗をお盆にのせた久美子がにこやかに現れた。

「はい、私の焼いたクッキー。」

ガラスのテーブルに彼女はほっくりとしたクッキーを盛った皿を置いた。その物腰は部屋の空気に静かに馴染んでいた。

「なんでも出来るんだな。会社での君しか知らなかった俺は、どうも見損っていたみたいだ。」

一瞬前の庖丁がまだ眼の先にちらつくのを覚えながら辰造は薄手の紅茶茶碗に手を伸ばした。茶碗の耳は人肌よりやや熱めに温められており、白い陶器の中で紅茶は鮮かな色に輝いていた。

「私も失礼して……。」

スカートの腿にちょっと手を添えた久美子は、辰造からは少し離れたソファーの上に勢いよく腰を落した。

「御主人のお仕事は忙しいのかね。」

ここは招待された客としての役割を果さねばならぬ、とわが身に言いきかせた彼は久美子の夫の上に話題を移して室内を見廻した。

「小さな会社だから、ひとりでなんでもやらなければいけなくて、大変みたいですよ。」

彼女が受け皿に戻したカップの縁に口紅の色が移っている。

「しかし、こんないい奥さんが出来て、幸せだな。」

「幸せですよ。」

久美子は怒ったような声を放った。

「そして、旦那が幸せなら、君もまた幸せなわけだ。」

「そ、幸せでございます。」

温かそうなウール地の黒いスカートの膝の上に両手の指先をのせ、彼女は辰造の横で軽く首を傾げてみせた。その左手の指に石のない指環が白く光っている。もう役目は終ったのだから、このまま帰るのが一番いいのかもしれない、という考えが一瞬彼の頭をかすめた。自分がなんの資格で呼ばれたのかよくはわからないが、会社を離れた久美子がこの小ぢんまりとしたマンションの一郭に家庭を構えて棲みついた以上、彼の暮しの領域とはなんの繋りもなくなったのは明らかだった。あるいは、これは彼女の企んだ俺の送別会なのかもしれない。ふとそんな気がした。それなら、手造りのクッキーと熱い紅茶で充分だ。そう思うと、彼女の夫の帰って来てからの時間があらためて長いものに感じられた。

「幸せそうな君を見て、俺は安心した。よかったな。」

「はい、ありがとうございます。」

久美子は呟くように言って、今度はひどく神妙に頭を下げた。

それではもうお暇《いとま》する、とも急に言い出しかねる辰造は、窓の外を眺めるつもりでソファーから立上ろうとした。

「もし、私が幸せそうでなかったら?」

ソファーの脇から低い声が湧いていた。黒いスカートの上で右手のきつく握られているのが眼にはいった。

「え?」

「聞えませんでしたか。」

「聞えたけれど……。なにか困ったことでも抱えているのか。」

「もしも、と言ったのに。」

覗きこんだ久美子の顔に薄い笑いが浮かんでいるようだった。二人で食事をした帰りの夜道、地下鉄の駅へ向いながら交した会話が辰造の記憶の中に躍り出た。久美子は誘っているのだ、突然そう思った。思うと同時に、紫色のセーターに包まれた細い身体がソファーの上をにじり寄り、肩にそっと頭がのせられた。

「いい気持ち……。」

眼を閉じた久美子の声が息になって耳にかかった。彼女が結婚する前の夜の路上では、ダメだね、と彼が答え、ダメだな、と彼女が応じて二人で声を揃えて笑ったのだった。今は違う。あの時は言葉の遊びに託したものが、今はこの部屋に支えられている。辰造は腕の時計に眼を落した。四時までにはまだ余裕がある。なにもいらない。ただ久美子の思い出に、カップに紅を移したその口唇を一度だけ心ゆくまで味わいたかった。送別会の贈り物として、それだけが欲しかった。

激しい力で辰造は突き飛ばされた。クッキーを床に撒き散らして彼は絨緞に尻餅をついていた。

「庖丁よ。これが見えないの。」

久美子の引き攣《つ》った声が辰造の顔を打った。立上った黒いスカートの前に、握り締めた右手の拳だけが小さく震えている。絨緞の上にこぼれたクッキーを無意識に拾い集め、ガラスのテーブルにのせ続ける辰造の耳に、私は、私はただ……と繰り返している久美子の強《こわ》ばった声が届いた。早く立たねば、と彼は焦った。そのまま低い姿勢でいると家畜になってしまいそうだった。さもなければ久美子の膝にすがりついてしまうだろう。手にしていたクッキーをいきなり口に投げ込み、玄関めがけて辰造は駆け出した。自分がまるで床を這っているみたいに感じられた。歯の間でなにかがぐにゃりと潰れ、レーズンの味が舌に広がった。それでも、狭い板の間の帽子掛けにさがっていたコートを摑むことは忘れなかった。

一階に着いたエレベーターが扉をあけた時、少し前に会釈《えしやく》して過ぎたばかりの管理人室の前を通る気がせず、辰造は反対側に出て通路を辿ろうとした。すぐ右手に地下への階段があった。なにも考えずにそこを一気に駆け降りた。行手にある鉄の扉を押すと車がまばらに並んだ駐車場だった。周囲のひんやりとした空気に身を浸した辰造は、ようやく心の動揺の静まりかけるのを覚えた。五十男の分別をもった足取りで、彼は明るい出口の方に歩き出した。

広い坂道に立って振り返っても、ずらりと並んだマンションのどの窓が久美子の部屋か、見分けはつかない。ガラスに額をつけて上から彼女が覗いているかもしれない、と思ったが、高い窓の一つに小さな顔をみつけても今更どうなるものでもない。辰造は隠れるように歩道の端に身を寄せて自然に坂の下へと足を向けていた。口の中にはまだクッキーの味の名残りがあった。もしかしたら、それに使った卵は久美子自身の卵だったかもしれない、と想像するとなにかうら哀しくやりきれない感情が湧き起った。折角の招待を台無しにして逃げ出したことも申し訳けなかった。帰って来た夫に彼女がどんな言訳けをするのだろうと心配しているうちに、辰造はかつて自分にも似た体験があったような曖昧な記憶に囚われだした。いくら考えても、それが実際の出来事であったのか単なる妄想であるのか判断はつかないが、彼が帰って来る夫の立場であった点だけははっきりしている。

まだ土曜日が半ドンだった結婚したての頃、妻が会社に勤めている間に世話になったという上司をアパートに招いたことはなかったろうか。その日、帰りがけに仕事が突発して午後までの残業となり、息を切らせて彼が帰宅した時には予定が変って長居の出来なくなった客が帰った後だった、というような……。当時はまだアパートの部屋に電話をひくことも難しかったから、彼は無断で約束に遅れてしまったわけだった。

アパートに差し込む午後の弱い日。テーブルの灰皿に残っていた煙草の吸殻。妻の示した客の手土産の品……。

おそらくは、自らの失態を覆い隠すために絞り出した偽りの記憶なのだろう、と言いきかせれば言いきかすほど、記憶は気味悪くべたついて足に絡んだ。そしてその足が先刻から、昔住んでいた畑の中のアパートに向けられているのに彼は気がついていた。

どのくらい歩いたろうか。通勤するバスの窓越しに見た覚えのある幾つかの風景が過ぎ、このあたりはまだ余り変っていないな、と安心しかけた辰造の眼に、遠くから田川モータースと書かれた大きな赤い看板が飛びこんで来た。その店の名前にも覚えがあった。もうアパートは近かった。

田川モータースの店頭に並べられたバイクの列がはっきりと見え、その間から建物に出入りする人のつなぎ服の背に文字の書かれているのが認められる距離まで迫った時、なにかがおかしいことに辰造は気がついた。店が立派に建て直されているのはいいのだが、その向うに、いま歩いて来たバス通りを斜めに横切る広い道路が突然現れた。それは辰造の背を右後ろから突き刺すようにして左前方に抜けていた。思ってもいなかった光景に接して彼の足は早くなった。田川モータースの左前方の畑の中に目指すアパートはあったからだ。

「この道は、いつ頃出来たのかしら。」

赤いバイクの前にしゃがみこんでいた、客らしい高校生くらいの少年に辰造はこわごわ声をかけた。

「……さあ……ずっと前からあるけど……」

少年は怪訝《けげん》そうな表情で立上り、指先をジーパンの尻に擦りつけながら辰造を見た。あるいはこの少年の生れる前だったのかもしれない、と考えるとなにか巨大なものに騙されている気がした。

「まっすぐ先はどこに行くんだろう。」

「甲州街道にぶつかってえ、東府中の横で京王線を横切ってえ、それから清水公園て言ったっけな、そこで曲るともう狭くなってえ……」

頭の中で更に道を先へと辿り続ける様子の少年を辰造は掌で押しとどめた。そんな先まで教えてもらってもなんの役にも立ちはしなかった。道端の人家に僅かに残されている面影や、歩いて来た昔のままの道の曲り具合に記憶がひっかかるだけに、そこを斜めに突切って走る新しい空間の暴走に彼は啞然とせざるを得なかった。周辺に散らばる過去の断片をたぐって寄せ集め、つなぎ合わせて眺める限り、求めるアパートが道路に踏み潰されて消え去ったのは最早明らかだった。身体のどこかに穴のあいたような頼りなさを覚えて、尚も彼は見慣れぬ光景の上に眼を彷徨《さまよ》わせた。アパートがないのは確実なのに、それが道路のどのあたりに位置していたかの見当さえつかないのが口惜しかった。田川モータースの場所が移動していることはあるまいか、という疑いが一条の救いの光となって胸を掠《かす》めた。

「蛇窪のバス停はもっと先になるのかな。」

古い道にある停留所を起点とすれば、アパートの跡のおぼろげな目安くらいはつくかもしれなかった。

「へびくぼ？　知らない、そんなとこ。」

少年は変な味の実でも嚙んだかのように額にしわを寄せた。

「おかしいな、この街道にある府中行きのバス停の名だよ。」

辰造はついなじる口調になって声を高めた。

「聞いたことない。ねえ、田川さん、へびくぼなんてバス停近くにないよねえ。」

少年は助けを求める姿勢になって店の奥に呼びかけた。

「へびくぼ？　ああ、せんげん町のことだろう。呼び名が変ったんだよ。随分前だけど。」

店の中に屈んでいたつなぎ服の男が帽子をあみだにかぶった顔を振り向けた。彼の手は辰造が想像した蛇窪の停留所の方向に間違いなくあげられている。としたら、アパートと一緒に「蛇窪」までなくなったのだ。

「せんげん山は？　せんげん山はどこへ行った？」

店の人間の答えにひきずられて辰造は上ずった声をたてた。アパートの窓から南に望めた、横に長いおだやかな山の姿が浮かび上った。確かな目印となるものは、もう山より他にはなさそうだった。

「せんげん山なら、この道をちょっと行った左側。斉藤病院の先。」

つなぎ服の男ではなく、眼の前の少年がこともなげに新しい道路の前方を指さした。辰造にはそれらしい影も見えない。

「すぐにわかるかな……。」

「わかるさ、山だもの。」

相手は馬鹿にした口振りで答えるとまたバイクの前にしゃがみこんだ。ありがと、と聞えるか聞えないかの声を落した辰造は店に背を向けて新しい道路に足を入れた。

少年の「ちょっと」はバイクで走る「ちょっと」だったらしく、かなり進んでもまだ山は見えて来ない。マンションを出てから二十分近く歩き続けている。久美子の夫は既に帰宅した頃だろうか。「いい気持ち……」と耳の後ろで囁いた柔らかな息が蘇った。あの時、彼女はほんの短い間、ただじっと頭を俺の肩にのせて憩《いこ》いたかっただけなのかもしれない、と彼はマンションのソファーを振り返った。歳の違いを楯にしてその望みを叶えてもらえると信じたのだったか。望みに応えてやれなかった自分が腹立たしかった。それ以上に、自分の願いの久美子に受け入れられなかったのが一層残念だった……。

ようやく教えられた斉藤病院が現れた。塀に囲まれた奥の深い病院だった。いつの間にか、アパートの埋められた土地の上を通り過ぎてしまったらしかった。病院の塀に沿って進んでいるつもりのうちに、ふと気がつくと左手に薄緑の金網が伸び、その向うに一面の枯葉に覆われた斜面が盛り上っている。斜面に立つ木々の重なり合った梢の先に白い曇り空が広がっていた。そこにだけ空があるような澄んだ不思議な眺めだった。

まさか立入り禁止ではあるまいな、と危惧を抱くほど金網が続いた後、「都立浅間山公園」と表示された看板の立つ小さな入口に辰造は辿り着いた。浅間山が公園であるのが意外だった。その頭に麗々しく「都立」の字がかぶせられているのもなにかそぐわない。

この公園は広い武蔵野の中でも特異な地
形を残し、自然史的価値の高い貴重なと
ころです。
自然を大切に保存しましょう。
東京都

平地の中に忽然として突き出した小山なのだから、特異な地形であるのは間違いがない。しかし、どこにも古墳であるなどとは書かれていなかった。古墳でもないとしたら、どうしてこんな山が平らな土地にいきなり飛び出したのか。地形や地質に関する知識を持ちあわせない辰造は訝《いぶか》りながらも道からの短い階段を登っていた。

一歩木立の中に踏み込んでしまうと、もう地形についての疑問などに煩わされる余地はなかった。足許には豊饒な枯葉が分厚く敷きつめられ、さほど太くはない木々の肌が冷えた空気を撥ね返して冴え冴えと並び、斜面は手のとどく近さに稜線を見せながら曇った空に向けてなだらかにせり上っていく。すぐ下に車の走る広い道路のあることなど到底信じられぬような、しんとした静寂があたりに立ちこめている。乾ききった落葉の間を進む細い道はもちろん、どこを見廻しても人影もない。幾年振りかで独りの場所に身を浸した感じだった。そして周囲には、樹木と枯葉と土との織り出す濃厚な気配が充ち充ちている。

道を辿るのがあまりに勿体なく、辰造は斜面に足を踏み入れた。柔らかな力がしっとりと靴底を押し返して来る。その度に小さな音が足を包んだ。歩くのが惜しいほどだった。この林の中でならすべてを忘れてしまえそうだった。

　ふと気がつくと枯葉の敷物は薄くなり、あちこちにふっくらとした土ののぞく地面を彼は歩いていた。乾いた葉のかわりに、彼の眼を捉えたのは夥《おびただ》しい数の落ちているどん栗だった。色艶のいいものは固く殻を閉しているが、中には裂かれたように腹を割って鮮紅色の湿った実を細長くのぞかせているものもあった。眼を近づけると外皮の内側にあるもう一枚の皮も縦に裂け、その割れ目から微かにしわの寄った赤い果肉が誘うように彼を見つめている。

「なんだい、エロじゃないか……。」

　辰造は堪え切れずに口に出してそう呟いたが、鮮烈な粘膜の色は少女を思わせた。久美子の黒いロングスカートの内側が眼を走った。それとは違う、と感じると一層心は掻き立てられた。片方を見たことがないだけに、想像の底をうねる二つのものの違いは息苦しいほどの力で辰造を衝いた。

　衣服をはだけるように、殻の前を思いきり開いた大胆な実に向けて伸びて行く自分の指を、彼は抑えられなかった。ひやりとした実を指先がつまんだ。それを持ちあげかけた瞬間、あ、と息を放って指を離した。意外な抵抗感が指先を捉えたからだ。驚いたことに、割れた殻を背にして横たわっていた剝き出しの赤い実の端から細い紐が曲って生え、地面の下にしっかりと潜りこんでいる。

「臍の緒か……。」

呆れ果てて辰造は身を起した。久美子のことは思い出したくなかった。

息の切れる間もなく、斜面は終って彼は尾根道に出ていた。登りのあっけなさに比べて奥行きは意外に深く、右にも左にも裸木が林立して山がどんな形をしているのか見当がつかない。どこからか、サーッ、サーッと乾いた音が聞えて来る。音に引き寄せられて足は自然に左に向いた。登って来たのとは反対側の斜面は山に喰い込む窪地となり、その底に軽トラックが一台停められている。高い板で四方を囲った荷台に枯葉が積み上げられ、茶色のセーターを着た男が尚も葉を盛りあげている姿が見えた。浅間山で出会った最初の人だった。

二人目の人間は辰造の進む細い尾根道の正面からやって来る黒いジャンパーを着た長身の若い男だった。片手に重そうな白のヘルメットをぶらさげている。この山の中で襲われたら、枯葉を集めていた男は救いに来てくれるだろうか、と不安が掠めた。道からはずれてよける辰造の前を、わざとのように相手はゆっくり通り過ぎた。その顔に薄い笑いの浮かんでいるのが気味悪かった。

尾根道はすぐ下りにかかり、中腹に設けられた東屋《あずまや》のまわりに五、六人の子供が集っていた。いますれ違った若い男の残した余波なのか、手に手に銃身の長いピストルを持った子供達は妙に黙りこんでじっと辰造を見つめている。つとめてさりげなく彼等の横をすり抜け、遠廻りとなるらしい道から外れてもう一つの頂きへの斜面を登りかけた時だった。「バーン」と遠慮がちな子供の声が背に弾《はじ》け、足許の枯葉になにかが落ちた。撃たれている、と思ったとたんに今度は別の声が「バーン」と弾けた。

「痛っ！」

大仰な叫びをあげて足を摑み、辰造は枯葉の上に身を投げてみた。一瞬あたりは静まり返り、駆け出す子供達の足音が小さな地響きとなってたちまち遠ざかって行く。仰向けに寝返りを打つと枯葉は背の下でカサカサと鳴り、梢ごしに見上げる空が快かった。浅間山に五十歳前後の男の死体……。「いい気持ち……」自分の呟きに気がついて彼は慌てて立上った。耳から消えぬ久美子の言葉だった。先刻とは違った角度から見える軽トラックの脇の男が、仕事の手をとめてじっと辰造を見上げている。心配しているのではなく、怪しんで咎《とが》める姿勢だった。コートの葉を払い、彼は残りの勾配を一気に登った。

山頂には小さな祠《ほこら》があり、山の由来を説明する掲示の板が立てられていた。

浅間山《せんげんやま》

浅間山は前山・中山・堂山の三つの小

さな峰からなり、その名は堂山の頂に祀《まつ》られている浅間神社に由来します。海抜八〇メートルで、周囲との高さの差は三〇メートルに過ぎませんが、周囲にさえぎるものがないため、眺望はなかなか良好です。

この浅間山は、地質的にみると、多摩川対岸の多摩丘陵と同じで、古多摩川やその他の河川により周囲がけずり取られ、ここだけが孤立丘として残ったものと考えられています……

説明はまだ続いたが、辰造はその先を読む気を失った。なんのことはない、これは古墳どころか、平地から飛び出した山でさえなかったのだ。地形の知識に乏しい彼も、多摩川の対岸が横に連なる小高い丘陵であることくらいは識っていた。としたら、その高さにあったまわりの土地が押し流された結果、これは無理やりに作り出された引き算の山だったことになる。どうしてお前も一緒に流れていかなかったのか。

「バカな山だなあ……。」

辰造は祠のまわりに露出している土を靴先で蹴った。行け、ほら、今からでもいいから、多摩川へ行け。山はびくとも動かなかった。

眼をあげると、良好な筈の眺望は木立に遮られて思うにまかせない。ただ東側の足許に広がる広大な墓石の群れだけがはっきり見えた。規模から考えて、多磨霊園であるに違いなかった。

祠の裏側にまわり、武蔵小金井の駅と思われる方角に彼は背伸びする思いの視線を注いだ。身を寄せ合う木立の隙間から辛うじて幾つかの高い建物の姿が遥かに望めたが、どれが久美子の住むマンションであるか、見分けることは出来なかった。

「バカな山だよ、お前は——。」

もう一度そう呟いてから辰造は浅間山を下り始めた。家に帰っても今夜は晩飯のないことを彼はふと思い出した。

# そうろう泉園

ふと話が跡切れて間があいた時、よかったら、線路の南側の方でも一まわり散歩して来ませんか、とテーブルを隔てて坐っている若い二人に洋太郎はさりげなく呼《ほ》びかけた。彼等が客間で出会ってから小一時間が過ぎている。初対面のぎごちなさが解《ほぐ》れたら後は二人だけにしてやるものだ、といった筋書き通りに自分の動いているのがどことなく後ろめたく、擽《くすぐ》ったいような気分でもあった。

そうね、あまり暑くないから、坂の方を散歩してみたらきっと気持ちがいいわ、と待ち構えていた口振りで滋子が同意した。これも筋書きにそった応対だが、それにしても少しわざとらし過ぎるのではないか、と洋太郎は急いで二人の客の表情を窺った。

はあ、行ってみましょうか、と素直に応じた西村は椅子の上でもぞもぞと身体を動かし、葉子の顔を見た。

誰にともなく頷いてから、はい、そうします、と答えた葉子はそこで急に眼を細めるようにして表情をぼかし、坂があるんですか、と滋子を振り向いた。これだけは筋書きにない質問だった。

「このあたりはね、線路の少し南側が一斉に低くなって、崖みたいになっているんですよ。高低二つの台地面がぶつかっているそこを国分寺崖線というらしいんだけど。そして、上の台地の縁近くを中央線が走っているわけね。だから、こちら側から線路を横切ってどの道を南に進んでも、先は必ず下り坂になる。」

滋子が口を開く前に洋太郎は素早く割り込んで説明した。あまりに型にはまったことの運びを弁解する響きがあった。

「両側から大きな樹が覆いかぶさっている細い道をとろとろ下って行くと、神社があったり、お寺があったりして、案外面白いんですよ。」

滋子がすかさず言葉を添える。

「御一緒によくそのあたりを散歩なさるんですか。」

立上りかけた西村が洋太郎に訊ねた。

「いいえ、この人は口ばっかりでお尻が重くてね、本を読んでは武蔵野台地がどうしたとか、なんとかローム層がどうだとか、話だけはするんだけど、ちっとも歩かないんですよ。実際の地理は私の方がずっと詳しいの。」

夫の返事を横取りした滋子の答え方は、若い二人に聞かせるための大仰なものだった。客を玄関に送り出し、この前の道をバス通りに出て駅の方に戻り、商工会館の積木のような建物の横の踏切りを渡ってまっすぐ行くと、と意気込んで説明を続ける滋子の言葉を聞きながら、彼女がいつもよりずっと年季のはいった妻の役を演じているらしいのを、洋太郎は柱にもたれたままぼんやり眺めていた。

「どんな具合かね、あの二人は。」

男女の客が出かけた後、果物の皿やコーヒー茶碗の並んだままの部屋に引き返した洋太郎は、椅子に腰を落して滋子に声をかけた。

「西村さんの方はよくても、葉子ちゃんがどうかしらね。あのお嬢さんは母親似で芯の強いところがあるから……。」

「西村君だって、大人しそうだけどあれで見掛けよりはしっかりしているぞ。」

自分の皿に残っていた白桃の一片を口にいれた滋子が、なにも言わずに頭だけを小さく横に振った。その仕種《しぐさ》が、ひとりでなにもかも決めているようで洋太郎には腹立たしかった。

「あのお二方、また戻って来るんだろう。」

「さあ……。どちらでも都合のいいようになさいって言っておいたけど。」

「散歩に弾《はず》みがつけば、そのままどこかに行っちゃうか。」

「まさか。」

「わからんよ、あの方向はすべての道が下り坂なんだからな。」

急に疲れを覚えた洋太郎は尻をずらして椅子の底に沈み込み、天井を見上げた。並んで坂を降りて行く西村と葉子の影が小さく見えた。自分がひどく馬鹿馬鹿しいことをしているような苛立ちにふと襲われた。真裸で身体を重ねる二人の姿を無理にも思い描こうとしたが、その妄想はうまく像を結んではくれなかった。

それから二時間ほど経った夕暮れ近く、チャイムの音に洋太郎が玄関のドアを開けると葉子が立っていた。

「やあ、お帰りなさい。……西村君は？」

思わず葉子の背後を洋太郎の眼は探ったが人影はなかった。

「あの、お誘いしたんですけど、先にお帰りになりました。」

それなら一緒に電車に乗らずになぜ葉子だけが戻って来たのか、という疑問が頭をよぎったが口には出せなかった。奥から現れた滋子がさして意外そうにもなく賑やかな声をあげて葉子を再び客間へと招き入れた。三人が夫々《それぞれ》元の場所に坐ると、西村のいた椅子だけがぽつんと虚《うつ》ろに残された。親しさからみれば、西村は洋太郎の勤め先でのかつての部下であり、葉子は滋子の高校時代からの友人の娘でまだ幼い頃から滋子が識っている以上、葉子の方が関りは深いといえる。だから彼女が戻って来たことにとりわけ不思議はないのかもしれないが、先刻と同じように客間に席を占めると、西村の不在は彼に対してなんとなく不公平のように感じられた。

「気持ち良かったでしょう、坂の方は。」

緑茶をいれながら滋子が首を傾げて葉子を見た。

「どの辺を歩いたんですか。」

洋太郎自身はこれまで二、三度しか会ったことのない娘にあらためて眼を向けた。

「そうろうせんえんに行って来ました。」

痩せているせいか、全体に薄い感じのつきまとう葉子は作りもののような細い指を膝の上で組み合わせて答えた。

「そうろうせんえん?」

聞き覚えのある名前だったが、それがどこか咄嗟には思い出せない。

「そう読むんじゃないんですか。」

葉子が慌てて白いポシェットから二つ折りにしたリーフレットらしい紙を取り出した。

「そうろうせんえんですよ、お池のある綺麗なお庭よね。」

滋子が言葉を挟んだ。差し出されたカラー写真のリーフレットを見ると洋太郎もようやく思い当った。「滄浪泉園」と刻まれた石の大きな門標が記憶に蘇った。

「いらしたことおありなんでしょう?」

「私は二度ばかりね。でもこのおじさまは識らないのよ。ここに住んでいるのに出不精なんだから。」

「バス通りのすぐ脇にあんな静かな所があるなんて、ちょっと気がつかないですねえ。」

「木が繁って外からはなにも見えないから……。」

話の弾みはじめた二人を残して洋太郎はリーフレットに引き込まれていった。

明治から大正にかけての銀行家であり外交官であり、衆議院議員でもあった波多野承五郎氏の別荘が滄浪泉園のはじまりなのだが、これは武蔵野の特徴的な地形であるハケと湧水を取り入れて整えられた美しい庭園となっている。その呼び名は、大正八年にこの庭を訪れた犬養毅元首相が友人の波多野氏のために贈ったものであって、手足を洗い口を漱《すす》ぎ、俗塵に汚れた心を洗い清める澄んだ豊かな水の湧き出る泉をもつ庭、との称讃に由来するという。入口にある門標は犬養木堂翁の自筆を赤御影石に刻んで作られた――。その門標に洋太郎は見覚えがあった。いつであったか、前を通った時に眼をとめて、ここはなんなのだろう、と訝《いぶか》しく思ったのだった。当時は門が閉され、ただ鬱蒼と繁った樹木があたりを覆っていた。寺でもなければ人の住いでもない。まして料亭などであろう筈もないのに、どこか遊びの心を誘うような雰囲気をひっそりと漂わせた場所だった。

昭和に入って滄浪泉園は三井鉱山の役員であった川島三郎氏の手に移り、茅葺《かやぶき》の大きな家や長屋門が風雅な佇《たたずま》いを見せていたが、昭和五十二年に買収される直前、それらは取り毀《こわ》されてしまったという。とすれば、洋太郎が立ち停って眺めたのは、閉されたその古い長屋門だったのかもしれない。

リーフレットには、この庭園は一時マンションの建設計画によって取りつぶされる危機に見舞われたのだが、市民の強い要望が実り、都の緑地保全地区の指定・買収を受け、あらたに自然庭園として整備の後、一般に開園された、との小金井市長の挨拶も掲載されている。

つまり洋太郎は、マンションの建設計画によって脅かされる前のまだ眠っていた滄浪泉園を外側から眺めただけなのであり、公開された後の姿を全く知らないことになる。

とりわけ興味をそそられたのは、庭園が斜面に造られており、国分寺崖線そのものにまたがっているらしい点だった。崖上、斜面、低地、水辺と植物が自然に住み分けているとのリーフレットの記述にも関心があった。

「……どうして西村さんはそんな場所を知っていたのかしら。」

滋子の声が耳にはいった。

「前にいらしたことがあったみたい……。」

「まあ、一人で?」

「わかりません。狭いお庭だけど詳しく案内して下さって、ただ、時々急に黙り込んで、話しかけてもなにも言って下さらないんで困りました。」

「おかしいわねえ、喧嘩したわけでもないんでしょう。」

「そんなこと、おばさま、今日初めてお目にかかったばかりなのに……。」

「西村君がおかしいって?」

水の中から急に顔をあげるようにして洋太郎は訊ねた。葉子が戸惑った表情で瞬き、それまでとは違う口調になって答えた。

「今度は雨の日に来よう、って誘って下さいました。」

「滄浪泉園に？」

「ええ、雨の日は人が少なくて、とてもしっとりした雰囲気だそうなんです。」

「へえ、西村君がこの近くに出没していたなんて、初耳だな。」

洋太郎は手にしていたリーフレットの表紙に眼を落した。右端に「滄浪泉園」と刻まれた門標が立ち、後ろに新築されたらしい長屋門が控えている。手前の植込みの木々は足許に落葉を積らせ、その間を門に導く石畳は濡れて静かに光っている。庭園の奥に見える樹木の梢が淡く煙っているところからも、雨の日の写真であるのは明らかだった。

「西村さんて、時々急に黙り込んで口をきかなくなるような方？」

滋子が心配そうに洋太郎に訊ねた。

「そんなことはないだろう……」

「葉子ちゃんだって困るわよねえ、相手がなにも言ってくれなくなったら。」

「でも、困るといっても、そんなんじゃないんです。」

「困りました、って言ったじゃないの。」

「困ったけど、それは、ちょっと違って……。」

狼狽《うろた》えたように言葉を捜す葉子の顔の中を柔らかな霧雨の走るのが見えた。

「……雨の日にねえ……。」

写真に眼を戻しながら洋太郎は低く呟いてみた。


葉子の側からも西村からも、はっきりした反応を聞かされないままに日が過ぎた。親に頼まれた正式の見合いというわけではなく、ただお互いに未知の若い男女を引き合わせただけなのだから、後は当人達が勝手に考えてどのようにも結論を出せばいいのだ、と洋太郎はつとめて傍観者の立場をとろうとした。


滋子の方は葉子の母親との幾度かの電話連絡を通して、本人は依然として曖昧なことしか言わないが、すぐにもお断りしたいとの態度は示さないのでもう少し交際させてほしい、との葉子側の意向を摑んでいる様子だった。そちらの方はどうなのかしら、と妻に急《せ》かされると洋太郎も仕方なく勤め先で西村をつかまえ、それとなく意向を質《ただ》さぬわけにはいかなかったが、はあ、素敵な方ですね、と答えたままそれ以上の意見を彼は述べようとはしない。急ぐことではないのだから、時間をかけてゆっくり結論を出してくれよ、と言い残して別れ際、洋太郎は気にかかっていた質問を口にした。

「君は滄浪泉園にはよく行くのかね。」

「いえ、以前に一度行ったことがあるだけです。」

「それが雨の日だった？」

西村は一瞬戸惑ったような笑いを浮かべてから頷いた。

「人が全くいなくて、静かでした。雨がひどくなったので、東屋《あずまや》風の休憩所に二時間近くもぼんやり坐って帰って来ました。いいですよ、あそこは。百円の入園料で贅沢な静寂が買えますよ。」

若いくせに年寄りみたいなことを言う、と洋太郎は思った。そんな場所になぜ一人で出かけたのか、と質してみたかったが、なんとなく躊躇《ためら》われて言葉を呑み込んだ。

「近いのだから、一度歩いてみられるといいですよ。」

「そうか、雨の日に、一人でな。」

「いえ、どうぞ奥様と御一緒にでも。」

「それじゃあ、静寂が買えないよ。」

洋太郎は軽口を叩いて西村に背を向けた。

葉子と西村とが時々会っているらしい、と滋子から伝えられたのはその数日後だった。あの時にはなにも言わなかったのに、結構やっているじゃないか、と洋太郎は苦笑した。

「また、滄浪泉園に来たんじゃあるまいな。」

「まさか。お食事に誘われたとか、映画を観に行ったとかいう話ですよ。」

「あれ以来、雨は降らないものな。」

どことなく不満げに口を尖らす滋子をからかう口調になった。お互いの勤め先に電話して連絡をとり、日時を決めては会う二人に葉子の母親も滋子も取り残された感じを味わうらしかった。いいじゃないか、うまくいっているのなら、と洋太郎は滋子を躱《かわ》した。そもそも、そうするために最初の日、二人を散歩に出したのだから——。しかし、当人達はこの進み具合いを逐一報告し、少しでも早く結論に辿り着くべきだ、というのが葉子の母親と滋子の意向のようだった。自分がそれとは反対の意見を西村に伝えたのを思い出すとおかしかった。そして、近いのだから一度滄浪泉園を歩いてみるといい、と薦める西村の言葉があらためて蘇って来た。

洋太郎が西村の言葉に従って重い腰をあげたのは、八月も終りに近いある日曜日の午後だった。雨どころか、朝からよく晴れた日で、乾いた風が澄んだ空を渡っていた。日差しは強かったがどこかに黄ばんだ色が滲み、夏の終りがすぐそこまで来ていることを感じさせた。網戸から吹き込んで白いレースのカーテンを揺する爽やかな空気に触れているうちに、滄浪泉園に行ってみようか、と唐突に思い立った。吉祥寺まで買物に出かけるという滋子と連れだって家を出た彼は、お散歩なんて珍しいことね、と冷やかす妻には笑っただけでなにも答えず、バス通りに出ると駅へ向う彼女と別れてすぐに小さな踏切りを渡った。

市役所の角を右に折れ、南側のバス通りに出て消防署の前を過ぎ、小金井工業高校の塀にさしかかる。以前はブロック塀が伸びているだけでどこが入口なのかわからぬような学校だったが、知らぬ間に綺麗に整備されて立派な門が立ち、道から門までは刈込まれた植込みが左右に設けられている。ブロック塀も黒塗りの鉄柵をのせた低い塀に変り、全体が明るく化粧し直されているのに洋太郎は驚いた。夏休みの構内は人気もなく、がらんと静まり返っている。この改築にはどの程度の予算を費したのだろう、などと考える彼の前方に、こんもりと繁った樹木の一群が現れた。木々の高さが揃っているために緑の直方体を置いたように見えるそのあたりは、しかしありふれた人家と一繋りなので特別の庭園が潜んでいるなどとはとても思えない。若い西村がよくこんな所を捜し当てて来たものだ、と感心しながら洋太郎はあまり車の多くないバス通りを南側へ渡った。

滄浪泉園が目立たないのは、一つにはバス通りに面した門がないからだろう。以前は通りを歩いていると犬養木堂の字を刻んだという門標だけは眼にはいったのだが、今は低い石積みの上に植えられた生垣で角が覆われ、車が一台はいるほどの狭い道に折れなければ門標も長屋門も眼にはいらない。うっかりすれば道を曲りそこね、ただ生垣にそって歩き続けるうちにそれが社宅風のコンクリートの建物に変るのに気がつくに過ぎまい。

生垣の角に遠慮勝ちに立てられている小さな標識に導かれ、洋太郎は細い道に折れた。と、すぐ右手にリーフレットの表紙で見た長屋門と門標が認められたが、今は樹木の葉が生い繁っているために眺めが遮られ、写真の印象とはかなり異っている。門をくぐって出て来た親子連れをやり過してから、彼は長屋門の右側を占める管理事務所で入場券を求め、園内に足を踏み入れた。

　左右を熊笹やさつきに包まれ、その間から高く伸び上る赤松、楓、櫟《くぬぎ》などに天井を覆われた石畳の道はたちまち緩く下り始め、左にカーヴする坂を進むと交錯する枝のトンネルを脱けて案内板のある小さな平地に出た。玉砂利を敷きつめた中に石畳の道が更に左手に伸び、その先に東屋風の軒の低い建物が蹲《うずくま》っている。西村が二時間も雨の中で坐っていたという休憩所に違いない。

　案内板を見るまでもなく、順路の標識に従って休憩所とは反対側に足を運ぶと石の階段になった小道は急激にくだり、木の葉越しに鈍く光る池の表面が下に見えた。ここからではもうバス通りは見上げる高さに違いない、と想像しながら池の端に出た洋太郎は短い木橋を渡った。小ぢんまりとした池は、周囲の深い緑の底に沈みこんでいるかのようだった。向い側の橋の上に立って子供がなにか叫び、その足許の水面に白や赤の鯉が群れていた。どこか高い所でつくつく法師が鳴き始める。長閑《のどか》な夏の終りの一日だった。

　池を巡る道が跡切れて飛石に変った場所に水が湧き出していた。水は石の両側を一心に洗って池へと流れ込んで行く。段丘崖下部の窪みから水の湧くこのような所を一般に「ハケ」と呼ぶ、と立札にあるのを洋太郎は読んだ。本で接したり話に聞いたりしたことはあっても、ハケの水を自分の眼で見るのは初めてだった。手を浸すと思ったほどの冷たさではなく、水は指先に優しく戯れて池へと走って行く。東京近郊の土地でこんなに水の湧き出しているのは珍しいに違いない。

湧水からの坂を一度登り、馬頭観音の先を折れて再び緩く下るともう子供達が叫んでいた土橋だった。これでほぼ四角い池の三辺を左廻りに歩いたことになる。土橋の下をくぐった水は苔生《こけむ》した岩と灌木の間を抜けて池から流れ出して行く。そのすぐ先には人家の屋根がある。つまり、池は斜面の中腹に湧水を溜め、それを更に低い土地へと吐き出しているわけである。ハケの水を集めるのは野川という名の川であったことを洋太郎は思い出した。

三百年ほど昔に祀られたと立札に書かれている石地蔵の前に佇む老夫婦らしい二人連れを追い越し、再び石段を登るとそこはもう休憩所のある先刻の平地だった。三千三百坪あまりの庭は一廻りするのにいくらの時間もかからない。売店があるわけでもなく、園内での飲食は禁じられているのだから、順路を歩くかベンチに休むより他にすることもない。若い西村と葉子がここでどんなふうにして長い時間を費したのかが不思議だった。

それでも、家を出てから歩き続けだった洋太郎は腰や膝に熱い疲労の溜っているのを覚えた。足は自然に休憩所へと向っていた。

あちこちに人影はあるのに、庇《ひさし》の張り出した休憩所の内部はがらんとして仄暗《ほのぐら》かった。両側に腰を掛けられるように長く板が渡され、低い白壁の上は柱のない吹き抜きでその上に深く庇がかぶさっている。崖が背にあるため、そこにはいると横穴の中から狭い前庭を覗く感じになる。子供の頃、こういう暗い隅っこに身をひそめて明るい外部を眺めるのが好きだったな、と思い起しながら、洋太郎は黒ずんだ板の上の灰皿をどけて腰を下した。

幼児を含む十人ばかりの一行が池の方から登って来ると、案内板の前に立停ってなにか賑やかに語り出す。老人から、肩車された小さな男の子までいるところは、一族三世代の散策に違いない。あれも家族の抱える休日の筋書きのようなものだ、と息をついて洋太郎は眼をそらした。その視線の先に、腰掛け板の端に置かれたノートらしいものが映った。坐る前にも気がついていたのだが、初めは置き去りにされた雑誌くらいにしか考えていなかった。

屋根の下の空気に馴染んだ眼で見ると、それは明らかに一冊のノートだった。若い人の忘れ物ででもあろうか、と立上った洋太郎はノートに歩み寄った。綴じ代の左肩から黒い紐が伸び、ボールペンが結びつけられている。

「ご感想をどうぞ。

順序良くお書き下さい。」

表紙には横書きの大きな字が並び、下の方に「小金井市滄浪泉園緑地」と署名が読める。ページの隅が折れてめくれ返っているのは、ノートがかなりの期間ここに置かれて人々の手に触れたからだろう。表題の呼びかけの脇に「いたずら書きはやめましょう」と注意が添えられていたが、「いたずら書き」の部分が線で消され、かわりに「やだー」と乱暴な字が加えられているのもいかにも共同の場のノートらしかった。
　吹き抜きの明るい場所に坐り直して開いたノートには、武蔵野の面影をとどめたこの庭園に来ると心が洗われる気分になる、とか、初めて訪れたがこんな静かな庭があることを知って驚いた、とか、女ばかり四人連れで来てみたが、今度は是非夫と一緒に来るつもりだ、などと年輩者らしい感想が綴られている。
　中には、二十年振りに旧川島別荘へ来てみたところ、子供の頃、この庭を駆け廻った時の思い出がそのままの形に保たれて眼の前にあるのにほっとした、という土地に縁のあった訪問者の言葉もある。
　書き添えられた日付が五月から六月に移るにつれて、蚊の多いことへの苦情が屢々《しばしば》訴えられている。入場券を売る時に蚊取線香も渡せ、と若者らしい字で殴り書きされていたりする。事実、縞のある藪蚊がしきりにまといついて来る腕を洋太郎は幾度も叩いた。
　「つまんなかった
　ぜんぜんおもしろくなかった
　こわくなかった
　あんまりたのしくなかった」
不揃いの大きな平仮名が行儀悪く寝そべったように並んでいるのは、連れられて来た子供が親に強いられて嫌々ながら書かされた感想文だろうか。こんなことを書いたのではまた親に叱られたかもしれない。それにしても、「こわくなかった」とはどういう意味か。怖い庭だと誰かに聞かされて来たのだろうか……。

そんなことを考えつつゆっくりページをめくっていた洋太郎の手が突然止った。左側には、乗って来た乗用車かバイクの型式や性能を示すらしい英語と数字だけが紙からはみ出しそうに暴れていた。そして右側のページには、特徴のある棘に似た字が一斉に傾いて列をなしていた。左利き特有の、線を押し出すような書き方が眼に浮かんだ。

「某月某日

池にカルガモがいるとの新聞記事に惹かれ、とうとう来てしまった。決して近づくまいと思っていたこの土地に――。カルガモどころか、夏だというのに蟬さえ鳴いていない。今年は梅雨が長かったので夏が短いためか。十幾年もの長い歳月を地中で過すという蟬が、いざ地面に出ようとした夏が短か過ぎて成虫になり損ったとしたら、その蟬の運命はどうなるの？　十幾年の暗い地下の生活はみんなムダだったわけ？

蟬の鳴かない夏なんて、嫌い。蟬の鳴かない庭なんて、いくら樹があっても庭じゃない。でも、もう一度だけ来てみよう、今度は九月の敬老の日に。思い出が老い果てたのを確かめるために。

その頃はもう、蟬の季節も終っているでしょう。私の季節も過ぎているでしょう。でも……。

幸」

思わずそのページをノートから引き毟《むし》りたい衝動を洋太郎は辛うじて堪えた。左利きの字は時々ひどく似てしまうものだ、と考えたかった。「幸」という名前は多くないにしても、ただ「幸子」を略しただけかもしれない。蟬の話は、誰でも思いつきそうな月並みな内容ではないか。なに一つ決定的な符合があるわけでもないのに、ノートの上の特徴のある一字一字が棘となって彼の奥の柔らかな暗がりに突き刺さった。確信が持てないだけに、不意に生れた不安は一層気味悪く重かった。もしそうだとして、と頭の中で指を折り、過ぎた年月を数える気持ちになった。十五年……二十年……いや、もっと昔になるだろう。自分のしたことを押し隠し、今はほろ苦い追憶の扉に閉じこめたとばかり信じ込んでいた過去が、急に包みを解かれて眼の前に生臭く跳ね返ったかのようだった。

まだ夕暮れには早いのにいつか人の気配が消え、あたりが俄かに暗くなった気がした。吹き抜きの正面にある丈高い楢《なら》の梢に近い枝が、段丘の下からの風を受けて葉裏を見せ、大きく揺れた。

最早次を読み進む気を失い、その後のページに同じ字が再び現れないのを確かめると、洋太郎はノートを残して逃げるように休憩所を離れた。長屋門へのひっそりとした石畳の坂を登りながら、同じノートに書きつけられていた「こわくなかった」という子供の不揃いな字を思い出した。この庭は案外怖いのかもしれないよ、と彼は声には出さずに子供に囁いた。坂を挟む斜面の熊笹や八つ手の間から、突然誰かが顔をあげそうな恐れを感じた。一刻も早く門を出て町を行く人の中に紛れたかった。そうすれば、自分の動揺がいかに愚かな思い過しであり、どれほど馬鹿馬鹿しい妄想であるかがすぐにも明らかになるに違いない。それを望みながらも、バス通りの歩道を駅の方から歩いて来る白いスーツの若い女性を見ると彼はぎくりとした。肩から俯き加減の顔にかけての印象がどこか幸に似ていたからだった。彼女がそんな歳である筈はなかった。

その夜、ビールを注ぎ分けた食卓で、滄浪泉園はどうでした、と滋子が訊ねた。

「案外狭いんだね、思ったほどの場所ではなかったよ。」

さりげなく答えてから、散歩の行先を告げもしなかったのに妻がどうして知っていたのかが気にかかった。

「書いてあったわよ、顔に。あの踏切りを渡って、貴方が他にどこに行くところがありますか。」

「そうとも限らんさ。」

言い返しながら、滋子も滄浪泉園であのノートを読んだことがあるのだろうか、と考えて彼は一瞬狼狽えた。その頃既に滋子を識っていたとはいえ、幸と親しかったのは滋子と一緒になる前なのだから彼女には関係のない出来事だった。幸という名前さえ妻は知らないだろう。

「……葉子ちゃんと西村さんのこと、そろそろはっきりさせないといけないんじゃないかしら。」

どこか遠くを見る目付きになって滋子がぽつりと言った。

葉子の方は承諾するつもりになったのに、西村の態度がもうひとつはっきりしないので洋太郎から一押ししてみてほしい、と滋子に頼まれたのは九月の最初の週が終った頃だった。

日が経つとともに滄浪泉園のノートから受けた衝撃は次第に弱まって行ったが、それとともに西村と葉子の将来に寄せる関心も彼の中で薄れていた。滋子にせっつかれて止むを得ず勤め先で西村を摑まえようとした日、たまたま彼が関西へ出張していたのをいいことに、洋太郎は自分の役目を果すのを一日延しに遅らせ続けた。

しかし、痺れを切らした滋子に葉子の母親からの電話を押しつけられると、さすがに彼も日を限らずにはいられなかった。十五日の連休明けには出張報告もまとまって一段落しているでしょうから、そうしたら早速西村君の意向を叩いてみましょう、と洋太郎は電話口で答えた。すぐ横で滋子が壁のカレンダーにその予定を書き込んでいた。十四、十五とカレンダーに赤い数字の二つの並んだ後の方、月曜日は敬老の日だった。

結局は芒《すすき》の穂に怯《おび》えたようなものだ、と考えて日常の雑事に身を摩り付け、いつか忘れるともなく遠ざかっていたノートの記憶が、敬老の日が近づくにつれて再び洋太郎の頭をよぎるようになった。家に近いとはいっても通勤の都度その傍を通るわけでもなく、線路に隔てられた南側は崖のある別世界だった。行かなければそれまでのことで、滄浪泉園は無きに等しい。事実、この土地に住むようになって十数年、彼は池のある庭園とは無縁に過して来た。とすれば、これからも同じことは続けられるだろう。にもかかわらず、九月十五日の祝日が迫るとやはり洋太郎は落着かなかった。

その日は朝から雨だった。お茶の先生に贈る古稀の祝いの品を仲間と見立てに行く滋子が昼前に出かけてしまうと、洋太郎は家に一人残された。やがて、立つにつけ坐るにつけ、敬老の日にもう一度だけ再訪する、と書かれていたノートの癖のある字が眼の前にちらつき出し、新聞を読んでも、テレビを観ても、内容が頭にはいらなくなった。

二時を過ぎると自分の苛立ちに敗け、遂に洋太郎は心を決めて家を出た。空は少し明るくなったのに、そこから細かな雨がしきりに落ちて来る。雨の日にあの庭を訪れるわけだな、と西村の言葉を思い出しつつ足早やに踏切りを渡り、幾つかの傘を追い越した。気がつくと、周囲を歩いているのはみな老人だった。上体だけが前に急ぎ、足がそれを追いかけるように進む人々は、二人、三人と左手の公会堂に吸い込まれて行く。丸い屋根をもつ建物の正面には「祝・小金井市敬老会」と書かれた横断幕が掲げられ、受付の机に積み上げられた記念品らしい白い箱の山が見えた。

　公会堂を通り越した後は、向うから来る老人達と擦れ違った。布の手提袋を持って遊ぶようにゆっくりと歩く老婆もあれば、連れの男を引き立てる足取りで近づく灰色の傘もある。どの顔も表情は乏しく硬かった。洋太郎は道の端に身を寄せて先を急いだ。

　消防署の前には大きな日の丸が黙って垂れていた。雨に包まれた工業高校の庭で、季節外れの紫陽花《あじさい》が所々に弱々しい花を咲かせている。もしやバス通りで滄浪泉園から帰る人にぶつかるのではないか、とひそかに恐れていた洋太郎だったが、そこまで来るとアスファルトの道路に溜った水を踏み潰して走る車の他に、通行人の姿はほとんど認められなかった。

　小さな標識の前を左へ折れた先にはもう動くものはなに一つなく、濡れた緑が眠っているだけだった。長屋門の管理事務所の窓口では声を出すのも憚《はばか》られ、洋太郎は無言で百円玉を差し出した。事務所の中にいるのも眼鏡をかけた痩せた老人だった。今日は朝から入園者が幾人くらいいたのか、と訊ねてみたい気持ちが頭を擡《もた》げたが、洋太郎はその質問を呑みこんで石畳の坂に足を踏み入れた。木々の枝に空を覆われた坂は夕暮れのように暗く、高い葉に集められては落ちる水滴が、時々あちこちの熊笹の葉を唐突に揺すっている。

樹木のトンネルを脱け、休憩所のある平地に出ても人影はなかった。すぐそこに歩み寄りたい気持ちを抑え、建屋の中に誰もいないのを遠目に確かめてから彼は池へ下りる小道に向った。これほど人の気配がないのなら、他に入園者がいるかどうかを自分で確認しておきたかった。道は池を巡るただ一本で岐路はないのだから、急ぎ足に歩けばさほどの時間はかからずにまた休憩所のある平地に戻って来られる筈だった。

石段のある小道にはいると重い雨をのせた青木や馬酔木《あせび》の枝が両側からかぶさり、傘を開いたまま進むのが難しい。足を踏み滑らさぬように注意しながら下りた先に短い木橋がある。先日は気づかなかったが、池とは反対側の橋の下でしきりに水音がする。しかしそちら側は鼻がつかえそうな近さに崖が迫って水はない。としたら、崖の根にあたる橋下からも水が湧いているに違いない。その水の流れ込む池を傘の下からゆっくりと眺めた。

晴れた日とは異り、大気を煙らせる雨に誘われたかのように池は丈の低い灌木の間に静かに浮き上って見えた。そして水際に沿った小道のどこにも、傘が開いてもいなければコートの影もない。ただ豊かで慎しやかな拡がりが暗い緑に濡れて眼の前に横たわっているだけだ。

歩く前方からまた水音が伝わって来る。「ハケ」の立札のある飛石の場所だった。ここ二、三日天気がぐずついて雨がちだったためか、この前とは比べものにならぬほど湧水の量が増し、石の表面が洗われている。それでいて、静寂そのものが流れ出ているとしか思えない。

不思議な場所だよ、と呟いて洋太郎は石を飛んだ。馬頭観音のある坂を進み、池を見下す道をくだればもうそこは鯉の群れる土橋であり、石地蔵の前を過ぎて最後の石段を登り切ると休憩所の前の狭い平地だった。

池の対岸に眼をやったり、時折は振り返ったりしながら歩いたが、結局雨の庭には人っ子ひとりいなかった。今はこの庭園が自分だけのものになった気がして洋太郎は大きく息を吸い込んだ。線路の北側にある家が遥か彼方に思われた。バス通りから切り離され、長屋門からさえ遠く断たれて彼はただ雨に包まれているのを感じた。久しく身に覚えのない怖いような感覚だった。吸い寄せられる足取りで彼は休憩所に向っていた。

あまりに人が少ないためにもしや置かれていないのではないか、と恐れた大学ノートは、腰掛け板の上に無造作に投げ出されていた。それを手にすると洋太郎は入口に近い明るい場所に腰を据えた。湿気を吸ってひんやりとしたノートは、もう他人のものではなかった。最初のページから、彼はゆっくりとめくり始めた。

読み覚えのある文章が続き、やがて「つまんなかった」と口を尖らせて歌う子供が現れる。そして乗用車かバイクの型式が登場し、「某月某日、池にカルガモが……」と記された棘が突き刺って来る。宛名もない手紙のような一文を、「幸」という名前まで彼は丁寧に読み返した。二度目であるためか、言葉は自然にしっとりと身体に滲み込んだ。

その後は、また蚊の苦情であり、「ハケ」の水が飲めるかどうかを明示せよとの注文であり、型通りの自然讃歌であり、感謝の意の表明であり、「うんち」とだけの落書きであり、日付は十日、十一日、十二日と進み、文字のあるページの残りはどんどん少くなって行く。あの忘れようもない字をノートの上に求めているのか、拒んでいるのか、自分の気持ちが摑めない。そして次はもう白いページに変るという直前だった。あの鋭く傾いた懐しい棘の連なりがいきなり眼に突き刺さった。

「九月十五日　雨
　私は来ました
　　　　　　幸」

それだけだった。洋太郎は呆然として顔をあげた。たった一行の言葉が周囲の雨を孕《はら》んでノートの上に生々しく膨《ふく》み返っていた。……幸はそんなぶっきらぼうな棘を埋めた短い葉書や手紙をよくくれた。一目で読める一行で、しかし彼にはそれを書いている幸の掌の湿りから胸の鼓動までが感じられた。ただ一行記された便箋が出て来る度に、今までそこに寝ていたような幸の温もりが封筒の中いっぱいにこもっているのを彼は味わった。それで総てが通じ合う、と信じていられる時期があった。彼の手紙はいつも長かった。彼が幸の真似をしたのは、最後の手紙だけだった……。

雨が激しくなっていた。庇から落ちる滴がしきりに光っては低い壁の外に水音を弾かせた。それにしても、いつこれを書いたのだろう、と洋太郎が吹き抜き越しに庭の正面の樹木の梢を眺めやった時、眼の端をなにか黒いものが動いた。驚いて振り向いた瞬間、石畳の道を包む熊笹の陰に黒い傘がすっと消えた。

叫びをあげて彼は休憩所を飛び出し、雨に打たれて石畳の道へと走った。緩く右へ曲る坂道は静まり返り、傘の影はおろか、なにかがそこを通った気配さえない。一息に坂を駆け上った彼の前にあったのは、雨の中にゆったりと蹲っている長屋門の姿だけだった——。

引き返した休憩所の中で、その後どれほどの時間を過したのか覚えていなかった。水の滲み込んだ靴で足が冷えたためか、気温が低下したのか、急に忍び寄って来た寒さを堪えながら、彼は幾度か紐に繋がれたボールペンを摑んでは自分もノートに一言書きつけようとした。九月十五日、雨……とそこまでは言葉が浮かんでも先が続かない。ノートをのせた膝を小刻みに揺すっていると、順路の前にも後にも人はいなかったのに黒い傘がどこから現れたのかが奇妙でならなかった。にもかかわらず、なぜか彼は最初にノートを見た時のようには怯えていなかった。

俺には書けはしないのだ、と最後に諦めてノートを膝からおろし、傘を拡げて休憩所を出る頃には、園内に早くも濃い夕暮れの色が雨に溶けて漂い出していた。

南側のバス通りを迂回して駅前まで歩き、商店街の喫茶店で熱いコーヒーを啜った洋太郎が家に辿り着くと、玄関の明りが灯されて既に滋子が帰っていた。

「今、西村さんから電話があって切ったところ。」

迎えに出た滋子が上り框《かまち》に立ちふさがるようにして洋太郎に言った。

「断って来たのか……。」

靴を脱ごうともせずに彼は滋子を見上げた。

「わかっていたんですか。」

不服そうな声が降って来た。

「わかる筈ないよ、俺にそんなことが……。」

彼は滋子の足許に腰を下して眼を閉じた。でも、その方が良かったんじゃないのか――口に出してそう言ったのか、ただ胸の内で呟いただけなのか、彼には自分でもそれがはっきりしなかった。

「どこに行っていたのですか。」

溜息とともに滋子が訊ねた。

「顔に書いてないかい。」

答えながら彼はようやく濡れた靴を脱ごうとして踵を擦《こす》り合わせた。夜の滄浪泉園は暗いのだろうな、と意味もなく考えていた。

# のびどめ用水

正面から照りつける強い西日の中を風が吹くと、薬用植物園の枝を離れた欅《けやき》や小楢《こなら》の葉が黄色に光ったり、金色に輝いたりして空を飛んだ。

しかし放たれた葉は長くは空に留まれず、冷え始めた大気の中を斜めに滑り、硬い音をたてて足許に落ちた。

傾きかけた夕日が舞っているのか、枯葉が吹いているのか、自分が飛んでいるのか、すべての動きが一つに溶けて、西武拝島線沿いの道を歩む彼を眩しく押し包んでいた。

もしかしたら、これはひどく贅沢な黄金風景なのかもしれんぞ——そう思いながら、彼は秋のキャンバスに黒褐色に置かれた点景人物の影を曳いて西へと歩き続けた。

三十五年を勤めあげようとする男の退職金の前払いでもあるかもしれない、との感慨が幸福な乾いた音となって彼の前に後ろに小さく鳴った。日が暮れるか、風が止むか、目的地に行きつくかすれば、どうせすぐに消え失せる短い命の光景でしかない。それだけに、光と色彩に溢れた今の豪奢な時間を彼は心ゆくまで味わいつくしたかった。

しかもこの遅い午後、取引先への挨拶廻りを済ませた自分がこんな場所を一人歩いていることなど誰も知りはしない、と気づくと彼の幸福感は一層たかまらずにはいなかった。

新宿から乗った中央線を国分寺で降りた時、階段を昇った彼はいつものように家のある南口へは向わず、ふらふらと北口の方にブリッジを進んだ。まっすぐ帰宅するにはあまりに早かったし、夕暮れには間のある明るい日差しにふと誘われたからでもあった。しかしそれ以上に強く彼の内に動いていたのは、すぐに訪れる筈の停年後の自由に対する戸惑いでもあった。

六十歳にもならぬのに会社を離れる以上、彼には当然次の勤め先の当てがあった。小規模な関連企業が席を用意してくれたのだが、そこでのポストが今迄とは違う閑職であることは明らかだった。少しゆっくりお休みになり、それから出て来ていただければ結構です、という先方の口振りからも処遇は察せられた。出勤も週に三日程度でいいという。

二年で終るか、三年続くかもはっきりしない。おそらく五年とはもたないだろう。その後の時間をどうするかは、まだ計画のたてようもない。

今はむしろ、しっかりと身を摑まれていた三十五年の暮しの最後の時を、貴重な不自由として過したかった。それだけに、外出先から早目に引きあげて帰ってきた今日が、若い日々に上司の目をかすめて勤務時間中に街で遊んでいた時のようなひそかな楽しみを彼に与えていた。いや、本当をいえば、そんなふうに感じたい、と彼が願っていたに過ぎないのだが……。

定期券を示して改札口を出た彼は、ふとせせらぎの音を聞いた気がして足を停めた。どこを流れているのかもわからぬ細い水が、しかし懸命に走って行く姿が身体の底に映ったようだった。それが一枚のポスターの記憶から湧き出ているのに気がつくまで、少しの時間が必要だった。

「八月二十七日」という日付けの字までなぜかはっきり覚えていた。「玉川上水　清流の復活」と二行に分けて書かれた下を、緑に包まれて水が迸《ほとばし》っていた。町角の掲示板か、公民館の前にでも貼り出されたポスターを見たのだったか。

確かその頃の新聞の武蔵野版にも、久しく流れを失って空濠となっていた玉川上水に水が流れることになった、と大きく報じられていた。

三百年程前、江戸の飲料水供給のために造られた玉川上水は、やがて武蔵野台地の各地へ分水され、飲料水をはじめ灌漑や水車の動力として武蔵野の開発に重要な役割を果した。

この上水路は近年まで淀橋浄水場への導水路として使用されて来たが、新宿副都心計画によって淀橋浄水場が廃止されたため、昭和四十年以降、小平より下流は水が跡絶えてしまった。

しかし今回の東京都の清流復活事業の実現により、野火止用水に続いて玉川上水にも流れが蘇る運びになった——。

そんな趣旨の記事を読んだ記憶がある。気の早い新聞は、これで上水の水辺に蛍の光が見られるようになるのではないか、との憶測までつけ加えていた。

子供の頃、五日市街道沿いの玉川上水にもんどりうって流れる猛々しい水を眺めていた彼にとって、枯葉に埋もれる乾いた谷と化した上水路を眼にするのはなんとも鬱屈してやり切れぬ気分のものだった。そこに再び水が通うのであれば一度は自分の眼で確かめてみたい、とポスターに接した後の彼は思い続けていた。

と同時に、名前だけはかねてから知っていた野火止用水にも行ってみたい、との願いもあった。玉川上水にはかつて飲料を確保するという目的が明確であったのに対し、野火止用水には野を渡る火の匂いがあった。実際にはどのような狙いの用水であったかの知識も持たぬまま、彼はその細流への憧れを胸の底でひそかに育てていた。ぽっかりとあいた午後の時間が涸れた川への苛立ちを呼び醒し、せせらぎの音を彼の耳に送りつけて来たのかもしれなかった。流れを失おうとする自分自身が水の動きを無意識のうちに求めていたのだ、とも考えられた。

渇きに急《せ》きたてられるようにして彼は駅の公衆電話を取り上げた。電話帳で調べた小平市役所の観光担当者に、玉川上水の流れはどこから始っているのか、野火止用水を見るにはどこに行けばいいのか、と彼は畳みかける口調で質問した。

玉川上水は東京都水道局の小平監視所から水を流しているので西武拝島線の玉川上水駅

が近いが、野火止用水を見るには一つ手前の東大和市駅で降りるのがよい、と係の男性は教えてくれた。両駅間の距離は二キロ足らずで歩いても大したことはないという。

　二つの水路がどのような関係に絡み合っているのかうまく理解は出来なかったが、とにかく東大和市まで行こう、と彼はすぐに決めた。西武拝島線は西武国分寺線に乗って小川駅で乗り換えなければならぬ、と改札口で告げられたがそのややこしい行き方にも彼は怯《ひる》まなかった。

　そして東大和市駅で電車を降り、野火止用水がどこにあるのかがわからなかった時、彼は躊躇《ためら》うことなく次の玉川上水駅に向けて線路の南側の道を歩き出したのだった。いずれにしても水は上から下へと流れているのであり、野火止用水が玉川上水の分水である以上、その元まで遡《さかのぼ》れば両者に同時に出会えるに違いない、と彼は大雑把な見当をつけていた。

　水より前に、まず彼を迎えてくれたのは西日と風と落葉の舞う黄金風景だった。充ち足りた身体を運ぶ彼の前に、車がやっと擦れ違える程の道は小さく曲ってはまた先に伸びて行く。ゴミ焼却場らしい奥まった建物の正面を過ぎ、線路を近々とかすめ、やがてバラック風の建物の脇を抜けた道は、突然コンクリートの古びた門にぶつかった。

　門柱に「東京都水道局小平監視所」と木の看板がかけられているところからみてそこが目的地であるのは間違いないが、道路にそってなだらかに下る構内に白い柵で囲まれた小学校のプールほどの細長い水槽が二つ並んでいるだけで、なんとも殺風景な眺めである。うっすらと滲んだ額の汗を拭いながら、彼はしばらくそこに立ち尽すしかなかった。

　あたりに人の気配はなく、立入禁止の札も見当らぬので構内は自由に歩けるようだったが、僅かな芝生とコンクリートに覆われた構内に足を入れる気は起らなかった。そこにあるのは装置であり、プールに湛えられた暗緑色の水ではあっても、野を走り樹木の下をくぐって駆ける流れではない。

　敷地の向うに林立する木々の梢を光らせて沈み始めた夕日に顔を向けたまま、俺はなにをしにこんな所まで来たのか、と彼は途方に暮れた。周囲より一段と低い構内は早くも日の色を失い、一足先に夕暮れが訪れたかのように寒々と静まっている。先刻までの和やかな幸福感は去り、汗ばんだ肌に冷気の忍び寄るのまで覚えねばならなかった。

　監視所の金網に沿って、ブルーのトレーニングウェアーを着た男の道を走って来る姿が眼にはいった。久し振りに人に会う気分だった。白いジョギングシューズが軽やかに地面を蹴ってみるみる近づき、若い息づかいだけを残して走り去って行く。

　意外な速度で遠ざかる後姿を見送りつつ、彼もなにげなく門を離れた。その時、どこから微かな水音らしいざわめきが伝わって来るのに気がついた。二歩、三歩と戻ると水音は確実に大きくなる。走る男の小さな後姿を追うようにして彼は道を引き返した。そして自分が辿ったのとは別のもう一本の土の道が木立の中に消えているのを発見した。つまり、二本の道が斜めに合流する地点の頂点に監視所の門が立っていたのだ。木立に向う道の脇のふくらみに赤い乗用車が一台停められている。そこを過ぎると突然人工的に整えられた小さな空地が現れ、右手へと下る公園風の狭い階段が認められた。水音はまぎれもなく階段の下から湧いている。

吸い寄せられるように歩み寄った階段の上に立つと、橋というより水の上いっぱいに張り出した足場が眼に飛びこんだ。想像もしなかった流れがそこから左手に向けて走っている。足場の手摺《てすり》にもたれて下流を眺める黒いコートの人影があった。

天井のないトンネルに似た谷間の底に彼は思わず駆け降りた。黒いベレーをかぶったコートの女性が、振り返りもせずにほんのちょっと身体を隅に寄せたようだった。

まぎれもない玉川上水の面影が眼前に一直線に伸びていた。こんな所に隠れていたのか、と叫びたい気持ちを抑えて彼は太い息を吐いた。枯葉を散らした両側の土が水辺に短い傾斜を作り、その上に赤土の崖が立ち、崖の上にはまだ緑の葉が繁り、それを覆う木立に夕日が戯れている。そして水の流れはすぐ足許から枯葉をすくうように転げ出し、木々の梢を洩れる空の色を浮かべて遠い彼方へと消えて行く。

水量は豊かではなかったが、それだけに視線を低くして眺めれば、あたかも玉川上水の断面図に触れる味わいがあった。赤土の崖にかけられた橋の上から下を覗くのではなく、谷間の底から見上げる水の眼がそこにはあった。お前はこういう景色を仰ぎながら流れていたのだな、という水へのひっそりとした共犯の意識が彼の内に湧いていた。

「流れていますわね。」

彼の気持ちがそのまま言葉になって耳に届けられたのに驚いた。

「え？」

「流れていますわね。」

同じ調子の低い声が繰り返された。声は脇に立つ黒い衣裳に細く包まれた女性から放たれたに違いないのに、そんな素振りは微塵も見せなかった。話しかけるというより、言葉を水に落した感じだった。話したことに自分で気づいていないのではないか、と思われるほど遠い表情を浮かべて流れの行手を見詰めたまま、女は身動《みじろ》ぎもしなかった。

「ええ、流れていますね。」

相手の顔から眼を外らせて彼も流れの奥を見やる姿勢になった。木を模して造られたコンクリートの手摺に身をもたせかける動作までが彼女をなぞっていた。ほっそりと整った横顔の眼尻の皺が、年齢まで自分と似たものに思わせた。

なぜか、水の行方に眼をまかせて意味もない言葉を短く取り交すことに、不思議な安らぎの空気が漂っていた。

「ずうっと流れているんですね。」

「ずうっと流れているんでしょうね。」

話してもよし、話さなくてもよい会話だった。いつまで一緒に立っていても、退屈もしなければ困惑も感じないだろう、と彼は思った。

「夜も流れていますわね。」

「もちろん、夜も、夜中もね。」

「いつから流れているのかしら？」

「八月二十七日から。」

すぐに日付けの答えられたのが彼は嬉しかった。女はしばらく黙りこんで口を開かない。いや、その前は江戸時代からでしょう、と彼が言葉を添えようとした時だった。

「ケチな水！」

いきなり吐き捨てるように女が言った。

「え？」

一変した語勢にたじろいで彼は女を振り向いた。先刻と少しも違わぬ遠い表情がその顔を固めている。細い息を吐くようにして彼は女の言葉をそっと受け止めた。

「……昔に比べればね。子供の頃は、怖いほどの水量で、引き込まれそうな速さだった。」

「玉川上水ですよ、これは。」

念を押す口調で女が言った。

「玉川上水です。」

「上水は、下水ではありませんわ。」

「昔は江戸の飲料水だったのでしょう。」

「今流れているのは下水ですのよ。」

「下水？」

　斜めにかぶったベレー帽から耳の前にかかる髪に、白いものの混っているのが眼にとまった。

「多摩川上流の処理場で処理した水を、更に砂で濾過して流しているって、上の看板に出ているじゃありませんか。」

「そんな看板がありましたか。」

　相手の告げた看板か案内板がどのあたりにあったのか知らなかったが、復活した筈の清流が下のどこかで臭うという記事を新聞で読んだ記憶は彼にもあった。その時は深くも考えなかったけれど、女の言う通り下水の処理水を流しているのであれば、澱《よど》みの生れる場所に臭気が発生してもおかしくはない。

「使い終って、余った、カスの水ですよ、これは。」

　女の言葉に再び吐き捨てる響きがこもった。しかし前と同じではなく、僅かに湿ったような匂いが孕《はら》まれていた。

「それでも、なにもないよりましかもしれない……。」

彼は膝を折って木の顔をしたコンクリートの手摺の間から水に手を伸ばした。足場の下では二、三十センチの深さしかない水は、澄んでいるにもかかわらず、意外に冷たくはなかった。

「みんなそう仰る……。」

女の声が頭上から降って来た。それにはかまわず、彼は掌にすくい上げた水を鼻に近づけた。臭気は感じられない。

「お飲みになるの？」

「止めておきますよ。」

立上ってハンカチで手を拭う彼を見ると女は咽喉の奥で小さく笑った。初めて流れから眼を離し、彼に向き合った顔だった。枯葉に包んだら似合いそうな静かな整った顔立ちだった。

「つまり、この水がお嫌いなんですね。」

女は彼を見据えたまま黙って首を横に振った。

「それなら、可哀そうな水だと言いたいんだ。」

「いいえ、悲しい水だと思っているだけ。」

大きくコートの肩が上り、女は俯いて深々と息をついた。いきなりその肩を抱き寄せたい衝動が身内に湧き起ったのに彼は狼狽《うろた》えた。そんなことをしてはならぬという自制より、腕の中で崩れてしまいそうな女の脆さの方が怖かった。

「この水はどこから出て来るんだろう。」

唐突な衝動を紛らすために、彼はあたりを見廻そうとした。女の手が無言で背後の高みを指している。少し後退りして通路を登ると、凹凸に富んだ新しい石積みが崖の半分の丈を埋め、その間から流れ出た水が落ちて足場の下をくぐる様が認められた。監視所より導かれた処理水がそこに現れる仕組みになっているらしい。道の上で聞いた水音は石積みの可憐な滝の囁きであったに違いない。そうだとしたら、ここは文字通り「清流」の復活した水源地ということになる。

「なんとなくちぐはぐな、妙な場所ですね。」

自分の席に戻るように女の脇に帰った彼は、もう一度周囲の崖や、水路にかぶさる木々を見上げた。

「だから、仕方がなく来るんです。」

いつか固い殻を脱ぎ捨てた女が沈んだ声で呟いていた。

「どうして？」

「私がここを流れているみたいな気がして……。」

使い終って、余った、カスの水だ、と告げた女の言葉が耳を舐めるように蘇った。

「それなら僕だって——。」

「調子を合わせて下さらなくていいんです。慰めてもらいたいわけじゃないんだから。」

女はザラザラとしたコンクリートの手摺から離した手を見詰め、神経質そうに汚れを払った。

「よく来るんですか、ここには？」

「どうしようもなくなると、車を飛ばしてね。しばらく水の上に立っているうちに、やっぱり仕方がないんだって、気分が落着いて来て……。変な癖がついてしまって……。」

「いいことを聞いた。僕も時々来てみよう。」

「でも、もう私は来ないかもしれない……。」

「変な男に出会ったからですか？」

女は薄い笑いを浮かべて俯きがちに首を横に振った。

「今日は上水沿いの上の道を少し歩いてみるつもりですの。」

自分に沿って自分の縁を歩いてみる、と女が伝えたように聞えた。

「僕はね、本当は野火止用水に会いたくて来たんです。」

「ああ、野火止用水ならそちらの側ですわ。そこのすぐ上に案内板がかかっていたでしょう？」

「あなたは？」

「私は反対側の道ですから。じゃ、お気をつけて。」

コートのポケットに両手を入れた女は、誰にも会わなかった人間の後姿となって早くも右手の道へと登る通路を歩き出していた。

「玉川上水と野火止用水は、先のどこかで出会わないんでしょうか。」

思わず彼はコートの背に追い縋《すが》る声で叫んでいた。黒いベレー帽が横に揺れたが、それが彼の問いかけを否定しているのか、私は知らないと答えているのか、判断がつかなかった。

女の影が通路を登り切って上の道へ消えるのを見送ると、彼も先刻降りて来た階段を女とは反対側に引き返すしかなかった。貧しい水を抱えた玉川上水を挟んで、木立を背景に夕日の中を歩み去って行く女が細々と見えた。彼は肩のあたりまであげた手を曖昧に振ってみたが、女は振り向きもしなかった。

俺にはやはり野火止用水の方がふさわしいのかもしれない――。身体の奥でちろちろと燃え始めた奇妙な火を踏み躙《にじ》る足取りで彼は監視所に通ずる道路を取って返した。

来る時には眼にはいらなかった大きな木の案内板が、監視所の門に向き合う位置に立てられていた。

「清流の復活」とそこにもポスターで見かけたのと同じスローガンが掲げられ、「野火止用水」と大きな字が横に続いている。

野火止用水は承応三年（一六五四年）に松平伊豆守信綱によって造られ、長年、農民の生活用水、灌漑用水として用いられて来た。

しかし時代の変化とともに上水道の普及が進み、特に昭和三十年代後半以降の急速な都市化などにより、用水としての機能は失われ、昭和四十八年から野火止用水の水は跡絶えてしまった。

このまま野火止用水を滅してはいけない、との地域住民の声が高まり、東京都は昭和四十九年に野火止用水を歴史環境保全地域に指定した。そして都は下水の二次処理水を野火止用水、玉川上水、千川上水に流す計画をたてた。

四年間の工事の末、清流復活第一号として、野火止用水に清流が甦ることになった……。

案内板の文章には、野火止用水に流れの復活したのがいつであったかは書かれていなかったが、そこに玉川上水と同じ性質の水の放たれているのは明らかだった。

悲しい水か……別れたばかりの女の言葉を思い出して彼は呟いた。たとえ使い捨てにされたカスの水であろうとも、玉川上水ほど本格的な深い水路ではなく、野面を這うように進む流れであったなら、その景観にはまだ救いがあるかもしれぬ。彼は自らを励まして野火止用水の始点を求めた。

案内板に描かれた地図によれば、用水は玉川上水と同じく小平監視所から発し、東大和市駅の近くを通り、青梅街道、府中街道、新青梅街道、所沢街道、小金井街道を横切り、遠く志木市の新河岸川に達する様子である。

そのうち、東大和市から東久留米市までの九・六キロが野火止用水の歴史環境保全地域に指定されている。

この時間から、十キロ近い道のりを歩くつもりなど彼にはなかった。ただ、用水にそって、水とともに足を運び、出来ることならそのささやかな流れの表情を身に取り込みたいものだ、と願っていたに過ぎない。

あの女のように水を突き放し、水を憎み、しかも水の中に自分の影を見ようとしているのではなかった。ただ、いかにも野火止と呼ばれるのに似つかわしい流れにどこかで出会いさえすればよかった。使い捨てられた、余りの、哀れな水であれば、その表面に毎朝髭を剃る度に鏡の中に見出す顔がぼんやりと浮かんでいそうな気もした。やあ、とお互いに声を掛け、どちらからともなく離れて行く。それでいいではないか……。

彼が困ったのは、その肝心な用水がどこにも見当らぬことだった。監視所の門の前に辿り着いた折、すぐ裏側に隠れていた玉川上水もみつけられなかったのだから、遥かに規模の小さな用水を見出すのはおそらく難しい仕事なのだろう。

しかし、「清流復活」の水源ともいえる監視所がここにある以上、用水が下手に位置するのは疑いようもない。にもかかわらず、道路と線路と畑と木立の他に、こちら側には水の気配もない。

思いあまった彼は再び玉川上水への降り口に舞い戻った。その左手に「自然とふれあうみんなの道」と書かれたもう一つの白い案内板があるのに気がついた。市内を一周する見取図風の地図の上部に、簡略化された水路図が示されているのを見て、彼はあっと声をあげた。小平監視所があり、玉川上水が描かれ、公園緑道が伸び、その反対側に求める用水が横たわっている。そして「野火止用水」という字のすぐ後には、括弧《かっこ》にくくられて「暗きょ」という表示が加えられていた。

捜し求めていた水は地面の下を流れているのだ。案内板を教えてくれた以上、女がそれを知らない筈はなかった。私はこちらの上水沿いを行く、貴方は反対側に進めばいい、と言った時、女は固い土に隔てられた地下の水を眼に浮かべて笑っていたに違いない。地団駄踏みたい口惜しさを堪えて、彼は最初に眺めた監視所前の大きな案内図の前に戻るしかなかった。

あらためて調べると、現在地から発する野火止用水は暗渠《あんきょ》の青い点線となって走り、先刻彼が下車した東大和市の少し先に放流口が開いている。そこまで戻らねば用水に出会えないのだとしたら、なんのために時間をかけて監視所まで歩いたのか――。あの女に会うために、という答えが直ちにはね返って来た。腹立たしさは収まらなかったが、これは仕方のないことだったのだ、という諦めが不思議にしみじみと身を浸した。

こうなった以上は東大和市駅近くの放流口に舞い戻り、地下から現れた水をちらとでも眺めたい、と考えて歩き出そうとする視野の端に、道のふくらみに停めてある赤い乗用車の姿が映った。どうしようもなくなると車を飛ばしてここに来る、と言った女の言葉が耳の底を蠢《うごめ》いた。

その車に歩み寄って彼は窓の中を覗き込んだ。シートと背もたれには羊毛らしい黒い敷物がかけられ、車室の中はがらんとして余分な飾りはなにもない。ただ助手席の上に、スーパーマーケットででも買物したらしい小さな半透明の袋が投げやりに置かれている。袋の口から半分滑り出しているのは、「木綿どうふ」とパックの表面に印刷された白い物体だった。

多摩ナンバーの赤い乗用車が女の車である証拠はどこにもなかったが、彼はそれを疑おうとはしなかった。ドアに手をかけると意外なことにロックされていなかった。開いた扉から身を入れ、助手席に坐ってみたい誘惑を彼は辛うじて抑えた。室内には香水ほど強くはない仄かな香りが寂しげに澱んでいる。

「野火止用水はまだ土の中です
　可哀そうな水なのか　悲しい水か
　今はきっと　暗い水でしょう　」

手帳を引きちぎってそう書きつけた紙片を運転席の黒い敷物にのせ、袋からはみ出している豆腐を丁寧に収めて彼はドアを閉じた。

東大和市の駅へと引き返す帰りの道のりは、行きよりも近く感じられた。そこに戻るだけなら、むしろ最寄りの玉川上水駅へ出て一駅電車に乗った方が早かったろうが、暗渠の水を見捨ててまで電車を使いたいとは思わなかった。ここか、この下をお前は黙って流れているのか、と呼びかけながら運ぶ足は自然に大股になった。

左手の線路の彼方には畑が拡がり、学校か工場でもあるのか、四角い建物が一面に夕日を浴びて点々と散らばっている。しかし右手は間近に小楢や櫟《くぬぎ》の保存林が連なり、灌木が茂って視界はきかなかった。香ばしい落葉の匂いが林から漂って来る。この向うに女の歩く上水沿いの道が通っているに違いない、と想像しつつ彼は先を急いだ。

俺は一体なにをしているのだ、と自問すると苦笑が湧いた。国分寺の改札口を出てからの時間が夢のように頭の奥に揺れていた。気紛れな高校生でもこんな馬鹿げたことはしないだろう。いや、十代を遠く離れてしまったからこそ、愚かな遊びが切実な仕事に変る折もある……。

日が落ちるまでに、なんとでもして一目野火止用水を見たいという願いはますます熱くふくれ上って来た。それが女と交した堅い約束のように彼の足を急き立てた。残された時間は僅かしかない、と思うと焦りは一層高まった。線路が高架となり、黄金色の落葉を浴びて通った薬用植物園脇の道が行手に蘇り、駅がもう近いと知った時、彼の足は速歩をこえて今にも走り出さんばかりだった。

駅前を過ぎた道が青梅街道とぶつかる角に、一本の銀杏《いちょう》が全身を金色に輝かせて立っている。最後の日差しに包まれたその佇《たたずま》いが、彼の眼には直立する白髪の老人に見えた。学校帰りの高校生らしい少年や少女が歩くその木の根もとには、早くも寒々とした夕暮れの色が溜り始めていた。

街道を行き交う車ごしに、高い線路の下に細い道の発するのが認められた。片側に植込みのある、いかにもわざとらしい小路だった。周囲の交通から浮き上った、あってもなくても良さそうな通路に、なにか独得の表情のあるのが感じられた。

信号が青に転じた時、彼は街道を横切って躊躇うことなくその細道に足を入れた。高架の西武拝島線をくぐり、枯草の茂った空地の横に出ると、道は両側に植込みを整えた遊歩道に姿を変えた。すぐ脇に車の走る舗装道路が接しているのだから、遊歩道に特別の意味のこめられているのは明らかだった。

子供の手を引いた若い女性が夕日に顔をしかめながらゆったり歩いて来る。腹の中にまで子供を抱えているのが巻きスカートのふくらみでわかる。既に五分近く遊歩道を辿っていた彼は、たまらずに女性に声をかけた。

「このあたりに、野火止用水というのが流れてはいないでしょうか。道の下かも知れないのですが。」

「どこから来るのかわかりませんけど、もう少し行くと横から曲って水の出て来る所がありますよ。」

「その先はずっと地面の上を流れているのですか。」

「ええ、道の横を変電所の方へね。」

礼を言ってそこを離れる彼の背を、なんだってえ、と母親に訊ねる女の子の声が追って来た。野火止用水を捜しているんだって、と歌うように母親が答えた。どうしてえ、と再び子供が訊ねた。彼も母親の返事が聞きたかったが、歩き出した耳には彼女の言葉は届かなかった。

若い母親に教えられた場所まで辿り着いた時、彼は呆然として足を停めた。遊歩道の右手から、コンクリートで固められた穴を抜けて確かに水が流れ出していた。子供の膝ほどもないその水はすぐ直角に曲って道の横を大人しく進み出す。一またぎ出来そうな溝幅を埋めるにも苦労するかのように、水は喘ぎ喘ぎ住宅の並ぶ道路の脇を滑っていた。

引き水である以上、野火止用水が川であるとは彼も考えてはいなかった。おそらくは必要な限りの水量を分けてもらったささやかな流れであるに違いない。それにしても、ここには野火の匂いもなければ疎水の踊りも感じられない。

俄かに疲れの溜り出した腰を伸ばして彼はのろのろと水を追った。俺が捜していたのはこんなものだったのか、という気落ちが溜息に出た。植込みの縁に立てられた低い札から、破れかけた紙の掲示が彼を呼んでいた。

この水路は水深が足りないために魚の生息は困難です。ここにいます魚は野火止用水路

（本流）に移しますので今後は魚を放さないで下さい――。

用水に本流があるのだとしたら、ようやく暗渠から這い出たこれも遊歩道のための支流に過ぎぬのだろうか。またもや欺かれた気分に口唇を嚙みながら、彼は重い足をひきずって浅い水に従った。

住宅が切れ、送電線の高い鉄塔の立つ変電所の囲いまで来ると枯草の原の向うにこんもりとした木の茂みが長々と横たわり、水は僅かに野の色を滲ませた。一定の間隔で張り渡された落葉をとめる金網を抜け、流れは黙って木の茂みの方に進んで行く。ありがとう、もういいよ、と彼は声をかけたかった。靴の中でふくらんだ足が、久し振りの長歩きにひりひりと痛んだ。

しかし、そこから変電所の敷地が切れるまではすぐだった。そして植込みが終り、黄ばんだ丈の高い草が両側から溝にかぶさったと思った瞬間、忽然として用水は消えていた。溝に身をのり出して覗けば、流れは枯草の下でコンクリートの穴へと吸い込まれている。

やっぱりな、とひとり頷いたまま、彼は歩いて来た勢いで疎水を失った道を申し訳けのようにほんの少し辿り続けた。

予想もしなかった光景が彼を待ち受けていた。「野火止用水清流の復活」と刻まれた重そうな自然石が道の右手に躍り出た。その前から、公園のように整備され、片側にだけ赤い鉄柵のある一本の細い道が樹木のトンネルの下を林の奥へと向けてまっしぐらに通っていた。既に夕日は木々の梢を弱々しく染める力しかなく、根方を走る道の行手は仄暗い暮色の中に溶け込んでいる。

芝居の書割りを思わせるあまりに美しく整えられた細道は、その先になにがあるのか、見当がつくだけにかえって薄気味悪かった。

耳を澄すと、林のどこかから微かな水音が伝わって来た。おそらくは、土の下をくぐって来た流れが石積みの間から小さな滝となって落ち、用水の本流を作っているに違いない。なにもかもが、小平監視所の前で眼にした光景の繰返しに過ぎぬだろう。ただ異るのは、どこを見廻しても黒いコートの人影がないことだけだった。

もう帰ろう、と彼は思った。粗い砂でも撒《ま》かれたような小綺麗な道には踏み込まず、長い午後に終止符を打とう、と心に決めた。

自分が果して野火止用水に出会えたのかどうか、彼にはわからなかった。微かな水音を包み込むように、流れていますわね、という女の囁きが聞えた。流れていますね、と彼は呟き返した。

日の沈んだ道を彼は駅へと向けてゆっくり歩き出した。今から戻れば、いつもと似た時刻に家に帰り着けそうだった。

疲れたよ、今日は挨拶廻りにひどく手間を食われてね、と妻に告げる声が胸にこもった。駅の方角から救急車の警笛が風に運ばれて来た。もしも赤い乗用車が衝突したら、助手席の木綿豆腐が真先に崩れるだろう……。

　暮れ残る空を映した細い水は足許を流れていたが、彼はもうそれを振り向こうとはしなかった。

# けやき通り

あるテレビ会社のディレクターである磯野から、景三のもとに電話がかかって来たのは春の彼岸の頃だった。

どうもすっかり御無沙汰してしまって、と抑揚たっぷりの声を響かせてから、済みません、と小さくつけ加えた彼は、電話口で人なつこい笑いを転がした。

磯野と景三との仕事の上のつきあいは、もう随分長い間続いている。とはいっても、屢々《しばしば》顔を合わせるというのではなく、忘れた頃に時折とんでもない話が舞いこんで来る、といった類のつきあいだった。それでいて、たとえ二年ぶり、三年ぶりの電話だったとしても、まるで昨日の続きのように話しあえる関係が自然のうちに生れていた。

「真冬の北海道に出かけて以来かしら。」

「そう、三年前ですよ。そうか、もう三年経ったんだ。」

自分の言葉に驚いたように、彼はもう一度電話の向うで笑い声をあげた。それは根室から羅臼まで海沿いの雪の道を撮影車で走破する取材だったが、坂でスリップした車が前の乗用車に衝突しかけたり、打ち寄せられた流氷の前に少し長く立っていると寒さで顔がつっぱり、涙が湧いて鼻水が垂れたり、さびれた旅館に泊って朝起きると廊下の片側に雪が積っていたりした、苦労の多い旅だった。

「いや、今度はあんな目に遭わせません。地元での話ですから、是非力を貸していただきたいんですよ。」

　磯野の口調は急に真面目になった。

「地元の？」

「ええ、武蔵野というか、中央線の沿線というか——。」

「ほう、この辺りを撮るんですか。」

「もう何十年もそちらにお住いでしょう？」

「何十年といったって、せいぜい、三十年かそこらですよ。」

「まさにその三十年が狙いなんですよ、高度成長からこっちの変貌が。まあ最近の土地の高騰は別にしても、相当激しく変って来たでしょう。」

「変りましたよ、それは。息子が小さかった頃一緒に凧揚げをした原っぱにはスーパーマーケットが建っちゃったし、子供達がどんぐり林と呼んでいた一帯には大きなマンションが出現したし……」

「やっぱり、津田さんに出ていただくしかないな。それがよくわかりましたね。」

「勝手にひとりでわからないでよ。僕になにをしろと言うんですか。」

「気楽にその辺りを歩いていただけばいいんです。だから、あまり時間は取らせません。ただ、一つだけこれまでにはなかったお願いがあるんですが……。」

「なんですか、それは。」

「ま、お目にかかってから詳しくお話する方がいいでしょう。」

気を持たせるように、そこまで言って磯野は言葉を切った。

三日あとの午後、磯野は久し振りに景三の家に顔を見せた。チャイムの音に玄関の扉を開けると、餌をやるようになってからすっかり懐いてしまった野良猫の〈シッポ〉が近寄って来るのを、客は膝を落してかまっているところだった。歳は景三とあまり変らない筈だったが、立上った彼の印象は、髪に白いものがやや目立つようになったことをのぞけば三年前とほとんど異らなかった。

若いな、磯野さんは、という景三の挨拶に、でもこれで四、五年もすればもう停年ですよ、と彼はさして苦にしているふうもなく笑ってみせた。細々ながら文筆で暮しをたてている景三に停年の意識はなかったが、言われてみれば、自分の高校や大学の同級生達も最近勤め先の変る者が多かった。欠席したクラス会の後に送られて来る名簿を眺める度に、それが停年による転職であることを知らされ続けていた。

放送企業の仕組みはよくわからなかったが、五十代になってもなお現場のディレクターを務める磯野は、おそらく管理職への道を拒んで制作の仕事と心中するつもりなのだろう、と景三は快く想像した。

「歳の話はまあやめましょうや。それより、電話の時に言っていたお願いというのはどういうことですか。」

　磯野の持ち込んで来た番組の内容には興味をそそられながらも、それを確かめるまでは景三は返事が出来なかった。時としてテレビ番組の場合には、ドキュメンタリーと称しながら、妙に芝居めいたことをやらされるケースがありがちなのを経験していたからだった。

「いや、なにも特別難しいことをお願いするつもりはないんです。ただ今度はね、従来のようにこっちでプランを練って津田さんにレポーターの役をやってもらうのではなくて、津田さんの書いたものから出発したいと考えたんですよ。」

「台本を書けという意味？」

　それだったら手に余るのですぐに断ろう、と景三は思った。

「台本ではありません。少し長いエッセイみたいなものを書いていただきたいと思って。他のテーマではやってもらえないかもしれないけど、三十年住んで来た土地のことですからね、いつも身近に眺めて来た風景や環境について、感じているところを自由に綴ってみていただく。それをもとにして、僕等は絵作りの仕事を始めます。ナレーションは、そのエッセイを朗読します。つまり、テレビエッセイとでもいう新しい試みをやってみたいんですよ。なにしろ、そろそろ停年も近づいて来る。ここらでひとつ、今迄やらなかったことに挑んで、なにか残したいみたいな欲を出しましてね……。」

磯野にしては珍しく率直で熱のこもった口振りだった。これまでの彼との仕事もそれなりに熱のはいったものではあったのだが、従来は番組の企画が決り、およそのスケジュールも定められ、こんな形で作業を進めたい、といった段階から景三はレポーターとして参加を求められていた。つまり、既に走り出している磯野にしか接して来なかった彼にとって、まるで子供が新しい玩具の箱を前にして、それを縦から見たり、横に眺めたりするかのような磯野の期待に充ちた表情が新鮮だった。半ばは冗談で停年を口にしながらも、後の半分が冗談ではないとしたら、停年とはなにかの終りを意味するのではなく、むしろ反対に新しい点火の時期の到来を告げるものなのかもしれない——ふとそんな考えが景三の頭を走り抜けた。

そのまま、何か月かが過ぎた。磯野の持つ狙いと景三の抱く思いとを幾時間もかけてぶつけ合い、行ったり来たりの討議を重ねた日から後、ぷっつりと連絡は跡切れた。あの話はどうなったか、と電話をかけてみたい気のする折もたまにはあったが、日々の仕事に追われる景三は忘れるともなくそのことを意識の片隅に置き去りにしたまま夏を迎えた。テレビの番組企画の常で、おそらくプランは途中で立ち消えになったに違いない、と景三はいつか諦めていた。その間に、野良猫の〈シッポ〉は窓の下に置いてやった段ボールの箱の中で三匹の子供を生んだ。親は虎斑《とらふ》なのに、真白と真黒と赤虎と、全く母親に似ない三匹だった。似ているのは、どれも尻尾の長いことだけだった。

　段ボールの箱から這い出して歩き始めた仔猫にミルクをやっていた夕暮れ、磯野さんから電話よ、と景三は妻に呼ばれた。おや、珍しい、と呟きながら彼はサンダルを脱ぎ散らして家にはいった。

「あれっきりで済みません。この前の話ですが、ようやく本決りになりました。」

「なんだ、やるんですか。僕はもうてっきり立ち消えだとばかり思っていた。」

「いや、そう言われるだろうと承知してはいたんですが、こっちもいろいろあってね。あやふやなまま御連絡したくなかったものですから。」

「いつも突然連絡して来るのが磯野さんの仕事のスタイルだからね。長い沈黙の後、今度は早急に会いたいと言うんでしょう。」

「わかってくれているからありがたいや。どうでしょう、ここ二、三日の御都合は。」

　たたみかけて来る相手の勢いに押され、景三は三日後に外出する際、新宿の喫茶店で彼に会う約束をさせられていた。

　この前のテレビの話、どうもやることになりそうだよ、と電話を切った彼は妻に言った。そう、と答えてから一息おいて、あまりうちの近所を映されるのは厭だわね、と妻は呟くように洩らした。磯野とのやりとりの余韻が残っていた彼は、そんなことはないさ、とすぐに反論はしたものの、妻の言葉にふと足許をすくわれるような躊躇《ためら》いを覚えた。自分の家庭を作り、子供達を育てて来た土地への思いを書き記してみたいという、磯野の働きかけをきっかけに芽生えた気持ちとは別に、家の周囲がテレビのカメラによって剝き出しにされてしまいそうな不安があるのは事実だった。

しかし約束の日に喫茶店で磯野と顔を合わせてしまうと、番組への興味に引きずられてそんな逡巡はいつか消え失せていた。というより、相手がいきなり制作スケジュールの話を始めたために、景三としてはエッセイの締切り日と他の仕事との調整にまず頭を使わねばならなかった。

「放送日は秋のお彼岸に決りました。彼岸の入りは日曜日なので、月曜日の二十一日になりますが。」

「ちょっと待ってよ。それでいくと、エッセイの原稿はいつまでに書かなければいかんのですか。」

磯野は水のはいったコップをどけ、テーブルの濡れたところを素早く手で拭うとスケジュールのコピーを景三の前に拡げた。

「八月の中旬までに欲しいんです。それをいただいたら、すぐ原稿にもとづいて具体案の打ち合わせを始め、イメージ作りにはいります。八月の二十五日から月末までにロケハンをして、その間に撮れるものは一部撮り出します。そしてロケを九月十日までに終え、そのあと九月二十日前に編集、完成作業をすませて、二十一日にオンエアーの予定です。」

「大分忙しそうだなあ。八月中旬までにもし原稿が出来そうにない場合はどうなりますか。」

「尻が切られていますから、それは困ります。」

「困るといわれても、他の仕事との関係もあるし……。」

「今回はね、ヘリコを飛ばせるつもりなんですよ。このまえ津田さんも言われていた通り、中央線は東中野を過ぎると立川まで、一直線に伸びているでしょう。そいつをエアーショットで押えたいんです。もちろん、JRというか、国電の運転席からも西へと向う線路を撮りたい。武蔵野に沈む夕陽を追って蜿蜒《えんえん》と走る絵が欲しい。そのあたりは相手との交渉が進まないとどうなるかわからないところもありますが、外部との絡みがいろいろ出て来ますのでね、原稿が上らなければ話が始まらないんですよ。」

「それだけのイメージが出来ているなら、もしエッセイが間に合わなくてもヘリや電車からの絵は撮れるでしょうが。」

「冗談じゃない。ヘリコがあがっても、どこを押えればいいか決らないと撮影になりません。ただまっすぐの線路だけじゃあんまり能がないですからね。」

「磯野さんがヘリで空を飛ぶために、地べたを這う文章が欲しいわけだ。」

「逆ですよ、それは。僕は津田さんの文章と対決するために、というか、綱引きするために空にあがるんですから。」

「僕もエッセイを書いたりするより空を飛ぶ方がいいな。乗せてくれないかしら。」

「いけません。最近、ヘリコは時々事故を起こしているんでね。」

磯野は慌てて首を横に振った。景三も本気でヘリコプターに乗りたいと思ったわけではなかったが、磯野の表情には、その希望を断ることが楽しくてならぬ、といった影が動いていた。断られると急に残念になった。自分の住む土地を空から眺めたらどんなふうに見えるか、一度は確かめてみたい、その思いがふくらんだ。東京西郊の拡がりの中に、微かな点のようにして自宅が見えるかもしれない。低空をゆっくりと飛ぶことの可能なヘリコプターなら、駅前の西友デパートや長崎屋を発見し、それを手がかりに小金井街道や五日市街道を捜し出し、小学校、中学校のグラウンドを目安にすればうちの前の道を拾いだすのはさほど難しくはないだろう……。

「それでエッセイの方ですが、ロケの日程から逆算して——。」

いつか空を飛んでいた景三を、磯野の言葉が喫茶店のテーブルの前に引き戻した。エッセイを書くにあたっては映像を一切考慮にいれないこと、あまり範囲を狭く限定せずにあちこちの土地を取りあげること、構成上、一篇四、五枚の文章が五、六篇は欲しいこと、武蔵野のここ三十年の変貌がテーマだが、回顧的、抒情的になり過ぎず、どちらかといえば批評性の強い文章が好ましいこと、などを磯野は一気にまくしたてた。

恐ろしい注文だなあ、と首を傾げつつも、景三は幾つかの光景を頭の奥に描き始めていた。井之頭公園や、玉川上水や、国分寺跡や、小金井公園や、日頃親しんで来た数々の眺めが脳裏に点滅し、浮いたり沈んだりして流れて行く——。冗談じゃないよ、どれを取っても時々の思い出がこびりついている土地を、そう簡単に突き放して批評など出来るものではない、という声が身体の底に低く聞えた。テレビ屋さんの感覚では、失われた武蔵野の面影を惜しみ、土地問題や住宅難を論じ、高度経済成長のつけがまわって来たことを嘆いてみせればいいのかもしれないが、そこに三十年住んで来た人間にとっては、そうはいかない。

土地の歴史から考えれば三十年は一瞬に過ぎないが、個人の一生からみればそれはあまりに切実な時間なのだから。人は自分の三十代から五十代を振り返り、その三十年をヘリコプターから見下しでもするかのようにあっさり批評など出来るものだろうか。もしなにかを語り得るとしたら、たとえば細い一本の道にまつわる記憶であり、道の端に生い繁った樹木の影であり、その根元に転がる石であり、それらについて書き始めれば浅薄な批評など消し飛んで、ただ愛憎が雨のように降り注ぎ、景色をぐっしょりと濡らしてしまうのではあるまいか……。

口に出してそう反論すれば磯野は当面やんわりと受けとめ、結構です、そういう文章を書いていただきたいのです、と答えながら、胸の内では、書かれたものを映像でどう切り返すかについて早速頭を絞り出すに違いない。

しかし、その手にやすやすとは乗らないぞ、と景三はコップの水を飲み干した。――たとえば、細い一本の道にまつわる記憶であり、道の端に生い繁った樹木の影であり、根元に転がる石……。

突然、その細い道の姿が景三の内部に荒々しく躍り出た。道の片側に生い繁っているのは十一本の欅《けやき》の大木だった。そして石が転がるのは、アスファルトの脇に舗装し残された乾いた土の上だった。意識の片隅に薄目を開けて蹲《うずくま》っていたなにかが、いきなり身を起した感じだった。

あの道なら書ける、と思った。あの道を入口にしてしか、今度の仕事にははいって行けないだろう、と景三は信じた。

とにかく、精一杯やってみますから、と言葉をかけて景三は唐突に立上った。次の約束の時間に食い込んだか、と驚いたらしい磯野が慌てて伝票に手を伸ばした。

その夜から、景三は他の仕事を押しのけてテレビ番組のためのエッセイを書き始めた。いや、果して自分がエッセイを書こうとしているのか否か、彼にもはっきりしなかった。呼び覚されてしまった記憶に駆り立てられ、とりあえず、一本の細い道にまつわる思いを綴ってみずにはいられなかったのだ。

　結局は、やはり磯野に乗せられたのかもしれないな、という忌々しさがちらと頭をかすめたが、そんな余念には電車の窓から手を振るようにして景三は走り抜けた。一篇四、五枚という条件も、それら数篇がどのように組み合わされるかという構成上の配慮も、彼を悩ませはしなかった。ペンの運びが遅くなり、やがて手が停ったのは、細い道の上を一人の女性の影がゆっくり歩み寄って来た時だった。あまり近所を映されるのは厭だわね、と呟く妻の声が欅の梢から静かに降って来た。

　いや、それほど近所ではないよ、と彼は口の中で急いで言い返した。小金井街道に出てバスに乗ればもちろん、歩いて駅へ出る際にもそこは通り道ではなかった。運動のために夕暮れちかく散歩に出る習慣の景三が、郵便局のある四つ角からゆるい坂を登り、お稲荷様を祀る小さな祠に惹かれてふとその辻を右へ折れた時、片側から頭上に覆いかぶさって連なる欅の繁みに初めて気がついたのだった。車がやっと一台抜けられるほどの、人影も少ないひっそりとした小道だった。

　実をいえば、欅の繁みのことはそれ以前に知っていた。二階にある景三の仕事部屋の窓から南を眺めると、年々ふえていく人家の屋根の彼方に、一際高く盛りあがる黒々とした樹木の連なりがいやでも眼にはいるからだった。あれはどの辺に立っているのだろう、とその度に考えた。

小金井の町は中央線を挟んで南北に拡がっている。北側は玉川上水に沿って五日市街道が走る台地だが、南側は武蔵小金井駅の少し先から急な傾斜となり、はけの水を集めて流れる野川がその下をうねっている。

しかし景三の家のある北側の台地ものっぺりとした平地ではなく、五日市街道から中央線までの間にはゆるやかに下ってのぼる一つの斜面を抱えている。その低地の部分を仙川《せんかわ》と呼ばれる小さな流れが縫っていた。

したがって、大袈裟な言い方をすれば、町の北部に位置する景三の家は、仙川への南向きの斜面の高みに建っているのであり、その谷を越えた対岸のどこかに欅の大木が連なっている筈なのだった。

いざ捜すつもりになると、遠望するのではなく地面を歩く眼からは、意外にそこがみつけにくかった。離れていればはっきり見えるのに、近づくにつれていつか姿の消えてしまう樹木の群——。そんな謎を景三はどこかで楽しんでいたのかもしれない。まだあちこちに残る農家の面影をとどめた敷地には、所々に驚くほど高い欅の大木が枝を拡げていたりするために、目指す樹木の連なりをそれと見定めるのは一層困難でもあった。

だから、偶然その根元の道に踏み込んでしまった景三が、一方で微かな失望を味わったのも事実だった。もうしばらくの間、彼等には謎のまま視界の片隅に息をひそめていてもらいたかった。

とはいえ、場所がわかってしまうと、彼はたちまちその小道の佇《たたずま》いに惹きつけられた。そして道には、郵便局からの坂を登ってお稲荷様の祠の横を右へ折れるより、もう一本西側の曲りくねった狭い坂を登って反対側から左へ折れてはいる方が一層好ましいことをすぐに発見した。最初の行き方では大きな屋敷めいた石の門にまずぶつかり、ついでずっしりとした塀に沿って欅が立ち並ぶので、なんとなく樹木は屋敷の一部のように感じられた。

しかし反対の方角からはいって来ると、普通の人家の間を進む小道が急にある地点で片側だけ幅を拡げ、塀と道との間のその舗装し残された地面からいきなり樹木が立ち上っているのだった。木々が塀に接しながらも外に生えているだけに、並木とも庭木ともつかぬ不思議な印象に突如打ち据えられた。

幾度通っても、その印象は変らなかった。とりわけ夕暮れが素晴しかった。冬の日没を過ぎた頃、小道にはいると凄じい量の音が頭上から降って来た。大音響というのではなく、小さな音の粒が無数に擦り合わされてわあんとふくらんだ響きだった。振り仰いだ欅の梢の枝々に、落ち損った葉の名残りとも、春に向けての芽吹きともとれそうな黒い点々が一面に散らばっていた。それが動いているようだと思った次の瞬間、黒い粒は一斉に枝を離れて夕暮れの空にばら撒かれた。夥《おびただ》しい数の雀達が欅の上を舞っていた。

また別の日の夕刻遅く、薄闇が立ちこめはじめた時間にそこを通った景三は、中学生らしい女の子が肩を落して俯きがちに歩いているのを追い越したことがある。こちらもゆっくり散歩しているのに、彼女の歩みは摺《す》り足に近く異様に遅かった。たちまち追い越してから気になって振り向くと、身体の前に両手で黒い革鞄を抱えた少女は顔を伏せ、今にも停りそうになりながら、しかし少しずつ道を進んでいる。気分でも悪いのかと心配になったが、その足取りには身体の不調よりむしろ胸に溢れた感情を必死に堪《こら》えている様が窺えた。なにがあったのか知らないが、哀しみが欅の下を通っていた。しっかりしろよ、と声をかけてやりたいのを抑えて景三は振り返り振り返り小道を歩いた。黒っぽい制服から出た襟と靴下の白さだけが、少女の哀しみの色のように夕闇に浮かんで見えた。

いつか、欅のある道は景三の散歩に欠かせぬコースとなった。もっと遠くから真直《まっすぐ》に歩いて来たら欅は別の顔を見せるだろうか、と坂を登りきって反対側に曲ってみたこともある。ゆるくうねる細道を少し辿ると、そちらにも庭に欅の大木を抱えた元は農家だったらしい家があった。そのブロック塀の外に、市の作った横に長い標識の立てられているのが眼にとまった。〈けやき通り〉と書かれていた。どこからどこまでが〈けやき通り〉であるのか正確にはわからなかったが、あの百メートルそこそこの間に十一本立ち並んだ樹木こそがこの名の由来であるに違いない、と景三は信じて疑わなかった。

その頃からではなかったろうか、彼はいつもの小道で時折一人の女性とすれ違うようになった。学校帰りの小、中学生が通る他は大人のあまり使わない道であるために、四十歳前後かと思われる女性の顔を覚えるのに暇はかからなかった。少ししゃくれたように顎の尖った、眼の大きく色の浅黒い女性だった。

常に荷物もバッグも持っていないので、勤め人でもないし、買物帰りの主婦でもなかった。ほっそりした首の上に縮れた長めの髪に包まれた顔をのせ、ただ歩くために歩くのだ、といった物静かな足取りでお稲荷様の祠の方から欅の下を近づいて来る。それでいて、散歩を楽しんでいるような寛いだ雰囲気は全くなかった。強《し》いていえば病院帰りが一番ふさわしいのではないか、と景三は勝手に想像したが、それにしては時間が少し遅過ぎるし、薬の袋を手にしているのを見かけたこともない。

そばまで来ればさほど長身ではないのに遠くからはすらりとした姿に映る彼女を道の上に認める度に、景三はなんとはなしに落着きを失った。片側は欅の大木だし、反対側は人家の塀や小さな空地なのでこれといって目をそらす対象もない。狭い道幅だから脇に寄るといってもたかが知れている。しかも相手は顔をまっすぐに立て、よそ見をせずに水の上を流れるかのように静かに歩いて来るのだ。それでいて、表情を動かさずに景三を無視するわけではなく、薄く一直線に引かれた眉や大きな眼がはっきりわかる距離に接近すれば、相手の顔に微かな反応の生れていることはなんとなく伝わって来た。

いっそのこと軽く頭でも下げて挨拶すればいいのだ、と思う折もあったが、いざとなると妙に気遅れしてそれも出来かねた。

そんなことがしばらく続いた後の冷たい雨の日だった。傘をさして出かけるのも面倒だし、ズボンの裾が濡れるのも厭《いと》わしい。今日の散歩はやめようかと躊躇っていた景三が結局出かける決心をしたのは、けやき通りであの女性とすれ違うことをどこかで期待していたからかもしれない。外出する用が続いて散歩が跡切れがちだったためもあるが、もう十日以上も彼女に出会っていないことに景三は気がついていた。

この降りなのによく出かける気になるわね、と妻が玄関に向う景三の背に声をかけた。運動不足になるからな、と答えながら彼は変に後ろめたさを覚えた。疚《やま》しいところなどある筈はない、と思うのに、妻の言葉がふと皮肉な響きを孕《はら》んでいるように聞えてならなかった。

いつものコースを辿って曲りくねった細い坂を登り、小さな四辻を左へ折れた。こんな日には欅の下で雨宿りをするのも悪くない、などと考えながら足を進めた彼は、天気のせいで普段より薄暗い道の先にオリーブ色の傘が揺れているのを目にとめた。

あの女性だ、と直感した。このまま行けば四、五本目の欅のあたりですれ違うだろう、と目算した時だった。その傘が道の上に動かなくなった。と、傘はすっと横に流れ、欅の幹の陰に半分隠れた。なにをしているのだろう、と訝《いぶか》る彼の足は自然に速くなった。

一人ではとても抱えられそうもない太い幹の根元に、傘を半ば仰向けるようにして女がしゃがんでいる。黒いスカートに包まれた膝の下に、澄んだ小さな声をあげているものがいた。

「なんですか。捨て猫？」

鳴き声に誘われたようにして景三は言葉をかけた。顎の尖った浅黒い顔があがって眼が合った。

「そう。こんなにちっちゃいのに……。」

初めて聴く彼女の声が意外に低く掠《かす》れているのに驚いた。

「濡れて、震えているの。」

指の長い手が、膝の下からまだ満足に歩けそうもない灰色の仔猫を引き出した。

「どうしてこんなことをするのかしら。」

傍らに立つ彼を詰《なじ》る口調で言うと眼の光が強くなった。赤い毛のまじったもう一匹の仔猫が、足をふんばって樹の裏からよたよたと現れた。

「二匹もいるんですか。」

思わず景三も傘を傾けて女の脇に腰を落した。化粧品らしい仄かな香りが湿った空気を伝って彼に届いた。

「放っておいたら死んじゃうわ……。」

もう一匹を手許に引き寄せた彼女は、幹の向うを窺うように身を伸ばした。

「もういませんよ、二匹だけで。」

ひんやりした櫸の肌に手をついて裏側を覗いた彼は女に答えた。舗装し残されて低くなった部分に溝のように水が溜っていた。その横で冷たい地面にしゃがみ、両手を仔猫に寄せている彼女自身が震えているようだった。

「一匹ずつ連れて帰りましょう、ちょうど二人いるんだから。」

唐突に女が言った。当り前のことをごく自然に話しかける、といった口振りに景三は驚いた。

「確かに二人ですけれど……。」

「こっちも二匹。だから、ね。」

子供でもあやすように眼の前の顔が言った。

「でも、うちでは飼えません。連れて帰っても。」

「どうして。マンションですか。」

「いや、飼うつもりがないから。」

妙な出会いになってしまった、と口唇を噛んでから、景三は歯切れ悪く答えた。

「あなたの分は見殺しになさるつもり?」

「そうではありませんが、しかし……。」

「このままだったら、そうなるわ。」

「……もしおたくで飼えるなら、二匹連れていかれたらどうですか。」

ひどく身勝手な言い分だとは思いつつも、相手の顔色を気にかけながら彼はそう言ってみた。彼女の浅黒い額のあたりを当惑の影が走った。

「猫を二匹抱えて、傘をさして？」

「よかったら、一匹は僕が抱いてお送りしますが……。」

「お願い出来ますか。」

「だって、半分はこちらの責任みたいなところがあるから。」

彼女は赤い毛のまじった一匹を摑むと黙って彼の手にのせ、自分は玉虫色のコートの胸に灰色の一匹を抱いて立上った。四肢を突張って震える仔猫は持ちにくかった。彼女を見ならってジャンパーの胸に下から仔猫を押しつけ、傘を立てて歩き出した。

「遠いのですか。」

「…………。」

「団地の方ですか。」

「…………。」

けやき通りを彼の来た方角に引き返しはじめると、彼女はもう口を開かなかった。二人で生んだ仔猫を抱いて歩いているような奇妙な感じだった。人が見たらどう思うか、と想像すると落着かなかった。声を口の中の赤い色で示そうとするかのように、仔猫は抱かれてもまだ激しく鳴き続けた。雨のためもあるのか、人通りの全くないのが幸せだった。

五分程も無言で歩いたろうか、道は少し太くなって、もうどこにも欅の影はない。四つ角に出るとスーパーマーケットが近くなるので、夕方の買物帰りらしい主婦の姿に時折出会う。抱きにくい仔猫をかかえ、傘で顔を隠して歩き続けるしかない。

「こっち。」

連れて帰ることを断ったために怒っているのではないか、と気がかりでならなかった女が、歩き出してから初めて口を開いた。掠れた低い声は、前と変らぬ柔らかな響きを孕んでいた。

まだあちこちに残っている狭い畑の間を折れ、次の道を横切り、新しいゆったりとした造りの家とせせこましい家屋の入り組んだあたりを抜け、ここはどこになるのだろう、と景三が頭の中の地図を辿ろうとした時、二つの傘がぶつかった。突然立ち停った女が傘の柄を尖った顎の下に押え、景三に向けてまっすぐ手を伸ばしていた。

「ここから行けます。ありがと。」

「持ちにくいでしょう。前まで行きますよ。」

「さよなら。」

景三の胸の仔猫は女の指の長い手でむしり取られ、オリーブ色の傘は意外な速さで建売住宅風の一画に通ずる道の上から消えた。

すぐに行けば後をつけたと思われるかもしれぬ、と恐れた彼はその道を曲らずにまっすぐ進み、途中から引き返して彼女の傘の見えなくなったあたりまで足を戻した。白い壁の小ぢんまりした住宅は、雨の下にどれも似た木の扉を閉してひっそり静まっている。そのすぐ裏手には二階建のアパートらしい住宅が接しているらしく、小さな窓に蓋の赤い洗剤の容器の影が映っていた。

それから数日の間、景三は女に会わなかった。今度はもう顔見知りなのだし、猫という話題があるのだから気軽に話しかけられる、と安心していた彼はそのことを特別気にかけはしなかった。

机に向って仕事をしていた景三は、小学校から帰って来た娘が二階の廊下でなにか叫び出したのに苛立った。

静かにしろ、と怒鳴りつけると、だって大変だよ、見てごらん、と挑む声が返って来た。ドアを開けて部屋にはいった娘は、南の窓から駅の方角を指さした。

「どんどん切ってる。一本目はもう、枝がないよ。」

「本当だ……。」

まぎれもなく、あの欅が切られていた。曇り空に伸びた骨格のような太い枝が上から下へと順に切り落されているらしく、既に端の一本はただの黒い柱となってその頭が遠い屋根の上に辛うじてのぞいているだけだ。

「お兄ちゃんの双眼鏡を持って来い。」

今度叫んだのは景三の方だった。娘が渡す双眼鏡をひったくった彼は焦点を欅の梢に合わせた。左から二本目の葉のない枝にかけられたロープが見えた。ロープの枝に作業員の姿が認められた。どんな切り方をしているのかまではわからないが、一本の樹に二人か三人がとりついている。

「市役所に電話をしようかしら。」

騒ぎを聞いて二階にあがって来た妻が背後で言った。

「なんて電話するんだ。」

「切るのをやめて下さいって。」

「そうだよ、電話しなよ、ママ。」

「しかし、道端に生えてはいるけれど、あれはおそらく個人の樹だろう。市役所だってとめることは出来ないよ。」

「だって、あんなに古い立派な樹ですよ。」

「上から枝を落しているんだから、きっと根元から切り倒すつもりはないんだろう。」

「それにしても、もう二度と伸びられないわ。」

「落葉とか、日照とか、そういう問題があるのかなあ……。」

娘にせがまれて双眼鏡を渡しながら、平素さほどあの欅に関心を示してはいなかった妻や娘の意外に興奮する様に、彼は一方で驚きも覚えていた。

「あの樹がどこに立っているか、知っているのかい。」

「郵便局の横をあがって、右へ曲る細い道でしょ。」

「お稲荷様の小さな鳥居がある所。」

妻と娘が続けて答えた。あまり通る道でもなさそうなのに、場所だけは前から知っていたようだった。しかし、その下を夕暮れに一人の女性が歩いて来ることも、雨の日に仔猫が捨てられていたことも、彼女達は知りはしない……。

双眼鏡を覗いている娘が呪《まじな》いのようになにか呟いていた。耳を傾けると、落ちろ、落ちろ、と口の中で繰り返している。

「そんなことを言うんじゃない。落ちたら仕事している人が死んじゃうじゃないか。」

「切られたら樹が死んじゃうじゃないか。」

「頭を切られても、丸坊主にされても、きっとあの樹は死なないよ。寂しくはなるけどな……。」

そう口に出した途端、本当に寂しさがこみあげて来た。枝も梢も失った左端の欅の上に、曇った空が戸惑ったように拡がっていた。

注目していると、しかし作業は遅々として進まない。一時は気分を昂ぶらせた妻や娘も、あまりに目を凝《こら》して遠い樹木を見つめるのに疲れたか、やがて階下へ去っていた。あの分では今日中に全部の欅が頭を切られてしまうこともあるまい、と自分に言いきかせて景三も仕事に戻った。南の窓に背を向けて坐りながら、なんとなく後ろが気がかりで落着けなかった。

それでも締切りに追われている仕事にいつか引きずりこまれ、気がつくと夕暮れが近づいていた。慌てて椅子を離れた彼は南の窓の前に立ち、思わずあっと声をあげた。もう欅がなかった。見馴れた視界からその部分だけが脱け落ち、樹木の黒々とした先端のみが杭《くい》の頭のように彼方の屋根の上に横一列に並んでいる。

「なんだ、あれは……。」

風景を支えていた足場がいきなり消え失せ、身体が前のめりによろけ出しそうだった。けやき通りに駆けつけようか、という思いが胸を走った。切られた樹を間近に見たくない、との痛みがすぐに思いを押しとどめた。二階に来られればわかってしまうのに、もうあの欅の眺められぬことを妻や娘にも隠しておきたかった。まるで自分が樹を切ったかのように、彼は鬱屈した気分に沈みこんだ。

遠ざかっていた景三の足が再びけやき通りに向うまでに、半月以上の日が過ぎていた。しかも、それは最早散策のコースを辿る自然の歩みではなく、気の進まぬ訪問先をおとずれる重い足取りを引きずるものだった。

一度はあの道を通ってみなければならぬ、と怯《ひる》む自分に言いきかせて彼は小さな四辻を曲った。なんとなく、道の先はがらんとしていた。人家が切れると欅の太い幹が左手に現れたが、彼等は既に樹木ではなかった。二階家の屋根より少し高いあたりから先を切り取られた欅は、胴体を失って脚だけが立っている動物のようだった。梢で空を突き刺すことはもちろん、地面と空を繋ぐ手だてさえ奪われて、並んだ幹はただ黙って道端に蹲っていた。葉のほとんどない季節ではあったが、それだけに一層失われたものの骨格が頭に鮮かに刻みこまれずにはいなかった。

この道をあの女の歩いて来ることはもうないだろう、と景三は思った。雨の日の記憶を頼りに、捨てられた仔猫を抱えて歩んだ道を辿りなおしてみたい気もしたが、かつての欅のなくなってしまった今となってはそれも億劫《おっくう》だった。そして事実、景三は以後あの顎の尖った浅黒い顔の女に会うことはもうなかった――。

十年近くも前になるそんなけやき通りにまつわる追憶を、景三は磯野に依頼されたエッセイにすべて書き綴ったわけではない。ただ、住みついた武蔵野に対する愛着とその変貌を記す文章の冒頭に、プロローグとして欅のある小道についての一文をそっと置いてみたかった。

仕事部屋の南の窓からの眺めの中心に一群の欅の大木があったこと、いつかその下の道が散歩のコースとなったこと、雨の日に二匹の仔猫が捨てられていたりしたこと、そしてある日、その樹々の胴から上が切り払われたことなどを、景三はつとめてさりげなく短い文章にまとめた。

それからすぐ、話題は五日市街道沿いの欅にとんだり、水のなかった玉川上水や野火止用水に流れの戻って来た話に移ったり、はけの道や多磨霊園やゴミ焼却場の煙突の高さなどに引き継がれ、三十枚ばかりのエッセイは八月の締切日を過ぎた頃にようやく書きあげられた。

数日前からしきりに電話をかけて来ていた磯野は、明日の午後になれば原稿を渡せるだろうと景三が告げると、こちらは既にロケハンを始めているが、午後の三時には必ず伺うようにするから、と慌《あわただ》しく答えて電話を切った。

その日、応接間で原稿を受け取った磯野は、ちょっと失礼してここで拝見させて下さい、折角撮影地の近くに来ているのだから、出来ればエッセイを読んだ後で少しこのあたりを自分で歩いてみたいのです、と断って手にしたばかりの原稿を読み始めた。

麦茶の氷が溶けかけるのにも手を出さず一気に目を通し終った磯野は、自分の狙いにかなったエッセイが手にはいって大変嬉しい、と礼を述べた後、彼の方で進めているロケハンの状況を説明し、原稿に登場する場所について細かな質問を重ねた。

ロケの日取りや、どの場面には登場してもらうことになるだろう、という見当などを彼が語り、日程の調整について打ち合わせをするうちに、クーラーで冷やした部屋の外はいつか暮れ始めていた。

「最初に出て来る切られた欅というのはどの辺になるのですか。」

テーブルの上に拡げた地図や資料をまとめて帰り仕度にかかる磯野が訊ねた。

「そう言うだろうと思ってた。切られたのは随分前だから、今はまたその後に枝が伸びて葉が繁り出してはいるんだけど。」

「でも、以前みたいには戻っていないでしょう。」

「もちろん無理ですよ。ただ、枯れはしないで幹と枝葉のひどくバランスの悪い樹が立っているだけでね。」

「遠いのですか。」

「バスの停留所や駅へ行くのには廻り道になるけれど、ぼくの散歩のコースになるくらいだから歩いて行けますよ。」

「今日はもう、散歩に出ませんか。」

「一緒に行こうっていうわけね。」

「地図で教えていただけばいいんだけど、もし間違ってイメージがずれたりすると困るんで。」

「行きましょう。忙しい人が道に迷って時間をつぶすのは気の毒だからね。」

そうは言いながらも、あのけやき通りについて書いてしまったことを悔む気持ちが微かに景三の胸の内に動いていた。もちろんそこを歩いて来る女性の話などには触れてもいないのだが、あの小道の思い出はやはりそっと一人でしまっておくべきではなかったか、との思いが今頃になって疼《うず》き出していた。

玄関を出ると日は沈んだのに外はまだ暑く、空は夕焼けに染っていた。そろそろ夜の餌にありつけるのではないか、と〈シッポ〉が扉の開く気配を察して狭い庭のどこかから姿を現した。

「あれ、仔猫。」

磯野が頓狂な声をあげた。母親のまわりを跳びはねるようにして三匹の仔猫がつきまとっている。

「春に伺った時にいたこれが生んだんですか。」

「そう、母子家庭でね、父親はどこにいるかわからないんだけど。でも、よく育てるもんだなあ……。」

「まあ、猫はたいてい母子家庭ですがね。」

磯野が摑もうとすると〈クロチビ〉が横に跳んで逃げ、〈シロチビ〉が慌てて母親の後ろに廻り込んだ。少しぼんやりの赤虎である〈ブラウン君〉だけは磯野に背中を摑まれた。

「可愛いもんだなあ。飼っているんじゃないんですか。」

「基本的には野良猫でね。餌はやるから、まあ放し飼いみたいなものかしら。」

「今は犬を家の中で飼って、猫は戸外で飼う時代なのかもしれないな。」

磯野は笑いながら〈ブラウン君〉を地面に置くと両手を払って門を出た。

景三に案内されたけやき通りの樹木に、磯野はひどく打たれた様子だった。いつもは饒舌な彼があまり口を開かなくなり、ひたすら欅の根元を見つめて歩きまわった。言われて気がつくと、地面に接した幹の一部に樹皮が窪んで欠けている個所が幾つかあったが、そこはセメントでしっかりと塗り固められていた。磯野が爪で叩くとカチカチと乾いた音が薄闇に弾《はじ》けた。土を持ちあげて横に這った根が、まるで必死になって大地を摑もうとする指のようだ、と彼は呟いた。かつては頭上にどれほど豊かな葉の繁みが拡がっていたか、と説明しても、枝葉にはほとんど興味を示そうとしなかった。

「ここを撮る時は歩いて下さい。」

磯野は最後にそう言った。

「ただ歩けばいいんですね。」

「いつも散歩なさっている時のまま、歩いて下されば結構です。」

「歩くだけならいいですよ。」

この道はもう散歩のコースではなくなっている、と景三は注釈を加えなかった。あんな文章を書いた以上、それはもう避けられない事態のようだった。

　それから数日後の晴れた午後だった。机に向っていた景三は、飛行機の爆音に気がついた。調布の飛行場に降りる軽飛行機がよく家の上を飛ぶのだが、それとは違ってもっと粘りのある大きな音だった。しかも爆音は、遠ざかったかと思うとまた引き返しては近づいて来る。ヘリコプターだ、との考えが頭に閃いた瞬間、彼は机を離れ、南向きの窓から身を乗り出して空を見上げた。

　ボディーに水色の線のはいった銀色のヘリコプターが高度を下げ、駅の方角に向いながら右へと旋回してゆっくり円を描こうとする。それはちょうどあの欅の樹々のある上空あたりだった。磯野の乗っている撮影機に違いなかった。

　機体をやや傾げるようにしてヘリコプターが戻って来た時、右側の扉が開いてそこに人影の見えるような気がした。おそらくビデオカメラの担当者が撮影機を構え、その背後から肩越しに指示を与えているに違いない磯野の姿が眼に浮かんだ。あるいは文章で触れた散歩のコースとして、このあたり一帯を彼は上空からの絵に収めているのかもしれない。窓から手を振ればヘリコプターに見えるだろうか、と一瞬悪戯《いたずら》心が動いた。しかしなぜか急に気恥しさを覚えて景三は反対に部屋の中に身を引いた。空からの俯瞰《ふかん》に、自分の住む小さな家があまりに貧しく地面にへばりついて映りそうだった。その家の窓から手を振る人間がいれば、これはもう地上の虫でしかないだろう。

なんでもいいから、必要な撮影だけ済ませて早く帰ってくれ、と願いながら、景三は窓の内側に隠れて眼だけでヘリコプターを追い続けた。磯野の指示が執拗で入念なのか、撮影機はなおも長い楕円を描くかのように欅のある小道から景三の家の上空あたりまでを往復し、やがて午後の陽光に銀色のボディーを煌《きら》めかせつつ、次第に高度をあげて西の国分寺方面へと飛び去って行った。

撮影は順調に進んでいるようだった。けやき通りでのロケの日時を連絡して来た電話の折、景三は磯野に先日のヘリコプターのことを確かめてみた。

「いや、上から見るとよくわかるんですよ。」

「あの欅もはっきり撮れましたか。」

「欅のあるお屋敷の広いのにびっくりしました。あのうちは北側の道路にまでまたがっているんですね。」

「ほう、そうですか……。」

道を歩いている限り、途中に人家が並んでいるので欅の陰に奥まっている家の敷地がどこまで拡がっているかは摑めない。空からはよく見えたのだろうな、と想像すると羨しくはあったが、頭を切られた樹木の短く並ぶ様が地上より鮮明に捉えられたとはとても考えられない。そう思って景三は自分を慰めた。

三、四回は画面に登場して欲しい、と磯野に頼まれたロケは、天候にも恵まれ、無事に終了した。土地の住人や遊びに来ている人に簡単な話を聞いたりする仕事はあったが、それもインタヴューというほどのものではなく、従来の磯野の番組でレポーターを務めた時に比べれば気楽なものだった。基本的な構成は景三の書いたエッセイをもとに磯野が組立てており、男性のアナウンサーの朗読によって番組は進行するのだから、彼はただ文章で触れた場所の幾つかを訪れたり、水の流れのほとりに立ってみたり、小道を歩いてみたりして画面の端に収まればいいのだった。

ただ、最後に撮ったけやき通りのロケの際だけ、景三はやや緊張した。合図をしたらお稲荷様の方からゆっくり歩いて来て下さい、と長身の若いカメラマンが言った。どこにいるのか、欅の幹に隠れて彼の位置はよくわからない。通りの中央に立った磯野が挙げた手を大きく振りおろした。

思い入れたっぷりには歩きたくない。変に感傷的な姿で写されるのは御免だ、と思うと足がもつれてうまく前に出ない。かといってまた、通勤人のように無表情に歩くだけでは絵になるまい。磯野の意図を慮《おもんぱか》って、多少は樹木を見上げたり、道の左右に眼を転じたりはせねばならぬだろう……。

あっという間に通り過ぎる筈の欅の横の道が、異様に長く感じられた。このあたりの根元に仔猫が捨てられていたのだったな、と記憶が景三を叩いた。ほんの短い間だったが歩みが遅くなり、一本の太い幹の根元に眼が吸い寄せられた。そこにも縦に長い樹皮の窪みがあり、その上がセメントで丁寧に塗り固められている。セメントが乾く前に小学生でも通ったのか、小枝の先で書かれたような名前らしい子供の字がセメントの表面に刻まれていた。

もう一ぺん歩いてもらうか、と磯野が訊ね、いや、バッチリです、と自信ありげにカメラマンが答え、それで景三の関与するロケはすべて終了した。

もう少し近所を撮ってから引きあげる、という磯野達に別れを告げ、彼等の使っている車に送られて景三が家に戻ったのはまだ早い午後だった。

一休みした彼が仕事部屋にはいり、机に向っていると階下で電話のベルの鳴る音がした。磯野さんから急ぎの用件らしい電話がかかっている、と階段の下で妻が呼んだ。

「先程はお疲れ様でした。実はちょっと、お願いがあるんですが……。」

近くからかけているらしい声が受話器にびんびん響いた。

「もう一度出て来いというんですか。」

「いや、津田さんじゃありません。あの、この前の放し飼いだと仰っていた野良猫の子供、まだいるでしょうか。」

「庭のあたりをうろついていると思うけど。」

「その仔猫を三匹、ちょっと拝借出来ませんか。」

「まさか、欅の根元に置いて撮ろうというんじゃないでしょうね。」

「……実は、そうなんですよ。」

「だって、僕がエッセイで書いたのは二匹だし、毛並も違うし……。」

「それはかまいません。あの仔猫が捨てられていたというエピソード、短いけれど、妙にといったら失礼かもしれませんが、印象的なんです。地面に爪を立てたような欅の根元に捨てられた仔猫のいる絵が欲しいんです。もともと、エッセイをなぞるつもりはありません。だから、津田さんには関係なく、仔猫だけお借りして、ちょっと絵を撮り足しておきたいと考えまして……。」

「いかにもテレビ屋さんの考えそうなことだという気はするけれど、あいつらは本来野良猫なんだから、それを連れて行くなと言うわけにもいかないな。」

「それじゃ、なにか餌を買って、段ボール箱もってすぐ伺います。近くにいたらよろしくお願いします。」

「そう、せめてギャラだけはしっかり払ってやってね。」

それはまかせて下さい、と言うなり電話は切れた。わけもわからずにテレビに出演させられる三匹が可哀そうな気もしたが、それもなにかの記念になるかもしれぬ、と考えて景三は承知した。

ほんの数分も経たぬうちに玄関のチャイムが鳴った。扉を開けると段ボールの箱を抱えた磯野がカメラマンと共に立っている。すべての準備を整えた上で電話して来たに違いなかった。

　庭の隅に仔猫と一緒に寝ていた〈シッポ〉に近づき、心配するなよ、すぐ返してやるからな、と呼びかけながら景三はまず〈ブラウン君〉を摑んで箱にいれ、次に〈クロチビ〉と〈シロチビ〉を捕えて箱に収めた。
　二、三十分でお届けします、と笑いながら頭を下げた磯野は、待たせてあった車に箱と共に乗りこんで忽ち走り去って行った。仔猫を抱き取られることに慣れている〈シッポ〉はさして気にかけるふうもなく、妻が差し出したチーズのかけらを行儀よく坐って食べ始めた。
「なんだか知らないが、番組を作るというのは大変な仕事のようだぞ。」

　しきりに首を横にしては、シャフ、シャフ、シャフと音をたてて一心にチーズを食べている〈シッポ〉に呼びかけた景三は、なにか正体の摑めぬ寂しさのようなものを覚えながら仕事部屋に戻って行った。

　その番組の放映される晩、時間になると景三は妻と共に居間のソファーに坐った。大学生の息子と娘はどちらも家にいなかった。

　なんだか違うみたいね、とか、こんな景色だったかしら、と呟きながら画面を覗き込んでいる妻の横で、彼は黙って番組を眺めていた。空中撮影の俯瞰は、どこがどこだか見分けもつかぬうちに画面から消えた。けやき通りを歩く自分の姿は、やはりぎごちない足取りで照れ臭かった。ただ、欅の根元を不安げにうろつく三匹の仔猫だけは、彼の記憶に焼き付いている光景とは違って愛らしい絵になっていた。男のアナウンサーの朗読の声が、仔猫達の上を風のように流れて過ぎた。

西へとひた走る中央線の運転席からカメラが夕陽を追い続ける上に、ゆっくりとエンドマークがかぶさって番組は終った。

というわけだ、と誰にともなく言って景三は大きな伸びをした。まだ様々な情景の断片が頭の中でぶつかり合い、番組のイメージが一つに溶け合わず、これでよかったのだろうか、と落着きの悪い気分だった。

お茶を飲んでいると磯野から電話がかかって来た。お世話になりました、と礼を述べた彼は、いろいろ反響がありまして、あの場面はどこかという視聴者からの問い合わせが今こちらにはいっているところです、と張りのある声で告げた。停年後の見通しが少しは明るくなりましたかね、と冗談を言って景三は受話器を置いた。

置いたばかりの受話器を下から押し上げるようにしてまたベルが鳴った。

「もしもし、津田さんでいらっしゃいますか。」

聞き馴れない低い女の声が耳に流れた。

「はい、津田ですが。」

「また仔猫が捨てられていましたの？」

いきなりそう訊ねる声が掠れて耳の奥を叩いた瞬間、景三の頭に女の姿が蘇った。雨に濡れたオリーブ色の傘が見え、湿った空気を伝わる仄かな香りが顔にかかった。

「あの時の方？　仔猫を拾われた……。」

「二匹とも、もう死んでしまったわ。一匹は小さいうちに車に轢かれて、もう一匹は病気になって。」

「それは可哀そうでした……。」

「みんな、いつかは死にますものね。」

女は掠れた声で低く笑った。

「今のテレビをごらんになったのですね。」

「欅の樹も切られてしまったし……。」

ええ、と答えたまま彼は言葉を呑んだ。こみあげて来る懐しさと、いきなり電話をかけて来られた気味の悪さとがまざり合って息が詰りそうだった。景三が黙っていると相手もなにも言わなかった。

「……よく電話番号がわかりましたね。」

一番気になる質問が口に出た。

「だって、お名前がわかれば、電話帳で見れますもの。仔猫のことをお知らせしたかっただけ。だから、これでもうおかけしません。」

そのまま通話が切れそうになると急に惜しい気がした。

「お元気ですか。」

「病気です。」

「それはいけない。前よりもっと——。」

「さよなら。」

景三の言葉を遮ってそれだけ言うと、電話はもう切れていた。

「どこから?」

妻の不安げな声が聞えた。

「この土地に住んでいて、今のテレビを観た人らしいんだが……。」

「それで電話をかけて来たの?」

「そうらしい。あの欅の樹のことでね。」

妻は両手に包むように湯呑みを持つとひっそりお茶を啜った。

今から、頭を切られたあの欅のある道に行ってみたい、との思いが熱い祈りのように景三の胸の奥に湧き起った。いや、行きはしない、と声には出さずに呟く彼の胸の内に、道の反対側に立つ青白い外灯の光に照し出された欅の姿が、濃い陰を曳いて深々と浮かび上った。灰色の幹の上に短く繁った枝葉はどす黒く夜空にかかって見えたが、細い道の先は闇に沈んでどこに通じているのか景三には見当もつかなかった。

# たかはた不動

母親から電話のかかって来たのは、夜の十時過ぎだった。

他からの電話であったならまだとりたてて遅いというほどの時間ではなかったが、応対に出た俊子の話し振りで相手の見当がつくと、晃は壁の時計を振り返ってみずにはいられなかった。七十を過ぎた母親にとっては、とっくに寝ている筈の時刻だったからだ。

また急に寒かったりしたので、それがいけなかったのかもしれませんわねえ、と受け応えしながら、電話口に出てくれ、と俊子が顔で呼びかけて来る。

ええ、珍しく今日は真面目に帰って、今ここにおりますから、と彼女が電話に告げるのを聞いた彼は、その程度の用か、と重い腰をあげて受話器をうけ取った。

「もしもし、どうしたの、こんなに遅く。」

「ああ、いてくれてよかった。腰が痛くなってしまったものでね。あんたにちょっとお願いがあるのよ。」

「いつかのやつがまた出たのかな。医者には行ったんでしょう?」

「大したことではないんだから、腰の心配はしてくれなくて大丈夫。ただ、電車に乗ったりして出て歩くのが億劫《おっくう》なものでね、あんた、今度のお休み、忙しい？」

「特にどうしてもという程の予定はないけれど……。」

見舞いに来いという求めなのだろうか、と用心しながら彼は曖昧に答えた。

「だったらねえ、私のかわりに高幡不動まで行ってもらえないかしら。」

急《せ》きこんだ母親の声が耳を打った。

「高幡不動？　京王線の先の方の？」

「こんなでなければ明日にでも私が行くつもりだったんだけど、どうも電車やバスは無理のようだから。中央線なら日野からバスでも行けるわよ。」

「高幡不動に何をしに行く？」

「だって、徹の入学試験のお願いをしたじゃないの。お宅にお不動様のお札を渡してあるでしょうが。」

電話の声は俄かに苛立たしげにふくらんだ。言われてみれば確かに覚えがあった。おばあちゃんがね、高幡不動に行って下さったんですって、と俊子に告げられたのは去年の暮だったろう。ほう、と答えてから、テレビの上に置かれている細長い紙の袋に晃は視線を走らせた。

気がつくと、孫の入学試験とか息子の海外出張などがある度に、母親は黙って八王子の近くまで出かけ、不動尊のお札を拝受してくるようになっていた。いつからあんなに熱心な信者になったのだろう、と彼は妻に訊ねてみたことがある。さあね、と俊子も困惑したような笑いを浮かべて首を傾げるだけだった。結婚以降しか彼の母親を知らない俊子にしては当然の反応だったかもしれないが、昔の母がおよそ神仏には関心のない暮しを送る人であっただけに、その変化が不思議でならなかった。あそこの近くにいる三宅さんでしたっけ、同じようなお歳頃の夫婦らしいから、帰りに寄っておしゃべりするのも楽しみなのかもしれないわ、と俊子はふと思い出した口調でつけ加えた。彼のいない時、そんな話も母親から聞かされている様子だった。

「一番の志望ではなかったにしても、とにかく大学にはいれたのだから、お礼にお参りしなくてはいけませんよ。」

母親の言葉はまだ受話器いっぱいに甲高く響いている。

「お礼参りに行くわけか。」

その言葉の別の意味を考えて晃はふと笑いを洩した。

「自分で行けたらあんたに頼んだりしないわよ。折角のお休みに迷惑かけるものね。」

「いや、それはまあ、息子のことで、親としては迷惑だなんて言えないよ。徹が受かってくれて、こっちも助かったからね。」

「悪いわねえ、忙しくて疲れているだろうに。でもよかった。それが気になったら眠れなくなってしまって、散々迷った末に電話したのよ。」

晃の返事に母親は急に上機嫌になった。この頼みを断りでもしたら、眠れぬ挙句にまた血圧の高くなる恐れが充分にある。

「それで、今度の日曜日に行ってくれる？」

歌うような調子の声が畳みかけて来た。

「日曜日はちょっと予定がある……、行くとしたらむしろ土曜日だな。第三の土曜は休みだから。」

「一日でも早い方がいいの。大助かりよ。帰りに三宅さんのお宅によるつもりだったけど、それも明日電話して断るわ。」

「百草園《もぐさえん》だったかね、いま三宅さんのうちは。あのおやじさん達は変りないのかな。」

「御夫婦は元気だけど、月子さん、帰って来て一緒にいるのよ。」

母親の声は上機嫌のまま少し低くなった。

「アメリカから？」

「そう、アメリカから、一人でね。離婚したんですって。」

「月子ちゃんが？」

「大分前からごたごたしていたらしいけど、やっぱり別れたみたいね。」

「こんな歳になってから……思い切ったことをしたものだな。」

キッチンに立っている俊子の後姿を晃はちらりと見た。何をしているのか、蛍光灯の明りの下でカーディガンの背中が揺れている。

「外国に転勤になったらうまくいくかと思っていたけど、かえっていけなかったようね。」

「息子がいたんじゃなかったっけ?」

「父親について、アメリカに残ったの。なにもかも放り出して一人で帰って来てしまったみたい。あの人も可哀そうにね。」

「それは知らなかった……。」

まだもう少し月子の話を聞きたい気がしたが、苺を盛ったガラス鉢をお盆にのせて俊子が居間にはいって来たので、晃はお礼参りに話題を戻した。高幡不動への参詣の意味合いが、彼の中では前とほんの少し違っているようだった。母親の依頼を受けた重い身体を不動尊の祀られている土地へ向けて押し出すというより、微かに向うから呼び寄せるものが生れているのを彼は感じた。もしも徹の試験結果がまだ発表されていなければ、そんな不純な動機に誘われて不動様の土地に出かけようとはしなかったろう。とにかく息子は大学にはいれたのだし、そこを訪れたからといって特に何をしようとするわけでもないのだから、と自分に言いきかせながら、晃は願いの叶ったお札を返しに行くというお礼参りについての母親のくどくどとした注意をぼんやり聞き流していた。

「大変な代役を仰せつけられたもんだ——。」

電話を切った後、彼は半ば独り言のように呟いた。

「徹のためですもの、仕方がないわよ。」

話の内容を察していたらしい俊子が溜息まじりに答えた。

「新宿から、急行で三、四十分はかかるのかな。」

「多摩動物園の近くだった？」

「なにしろ、行ったことのない場所だから。」

髭の伸びかけている顎を強く擦った指で彼はガラス鉢の苺をつまんだ。

「フォークがあるのに。」

俊子の声はなんとなく不快げだった。


その土曜日は、どんよりとした曇り空から時折雨の落ちて来る寒い日だった。もう彼岸も近いというのに、少し前には三月の雪が降った。ひと雨ごとに温くなる約束だったが、逆に天気予報は冬型の気候配置が舞い戻って来たことを告げたりした。

知らない郊外地に行くのだから、と晃はいつも出勤する時より厚目の服を着こみ、レインコートを羽織った。昼頃には雨は止んでいたが、用心のために折畳の傘を持った。

行って来るよ、と声を掛けた晃は玄関を出た。駅に向って歩き始めた時、背後から鋭い声で呼び止められた。

「どうしたの、肝腎のお札を持たないで。」

細長い紙の包みを振り上げた俊子が小走りに追って来る。

「下駄箱の上に忘れたのか。あぶなく無駄足になるところだった。」

「まったく、何をしに行くつもりなのよ。」

その言葉が、呆れたというより、むしろ詰《なじ》るように晃の耳を刺した。いま頭にあったことを妻に覗き込まれた気がして彼はたじろいだ。

「こっちが総がかりで面倒みてやっているというのに、御本人は呑気に帰って来ないんだからな。」

妻の非難を、友達の家に遊びに行ったまま泊ってしまった息子の上にそらそうとした。

「お食事には帰るんでしょう?」

彼の弁解には反応を示さずに俊子が訊ねた。

「もちろん。徹じゃあるまいし。」

もう一度念を押すように息子を引き合いに出してから、彼はまた駅に足を向けた。俊子に渡された木のお札は折畳の傘より長く持ちにくかった。こんな所にいれても罰が当らないでしょうね。気弱に口の中で呟きながら彼はお札の袋をコートのポケットに押し入れた。その先が腿の外側に固く当るようで歩きにくかった。

母親に教えられた通り、新宿で京王線の急行に乗り換えた。週末なのでこんでいるのではないか、と恐れていた電車はさほどのこともなく、調布で前の席があいて坐ると晃は一息ついた。

落ち着いて考えてみると、どこかがおかしかった。七十を過ぎた老母が孫の入学試験のために不動様にお参りし、護摩《ごま》を焚《た》いてお祈りをあげてもらった上でお札を授って帰るのは自然であるかもしれない。また、大学の合格通知を手にして今や浪人生活から解放された息子が、自分が頼んだわけでもない祖母の勝手な祈願に関心を示さないのも、実のところ無理はなかろう。

つまり、祈った本人と祈られた当事者とが夫々《それぞれ》の事情で来ないというのに、祈りも祈られもしなかった自分がこうして電車に乗っているのはどうしたわけか。年寄りと子供に振り廻され、月に二回の貴重な土曜日の休日をいい大人がつぶされるのはどこか滑稽ではないのか――。

いや、そうではないだろう、と小さな声が聞えた。声は電車に揺られている身体の奥から聞えて来たらしかった。月子の住むという百草園が京王線の高幡不動の一つ手前の駅であることを確かめたり、ある時期まで年賀状のやりとりのあった彼女の両親の住所がないか、と古いアドレスブックを密かに開いたりしたのは、あれはなんだったのか、と小さな声が問いかけている。あそび、あそび、ただ心の遊びみたいなものに過ぎないさ、と晃は座席の上で尻を動かした。と、その動きとともに月子の面影がまた蘇って来る。

歳は同じだったが、先に結婚したのは月子だった。結婚後しばらくして街で偶然顔を合わせた時の、相手のゆとりのある変化に驚いた記憶が鮮明に浮かび上って来る。晃ちゃんも早く結婚しなさいよ、と喫茶店の椅子の上から見おろすようにして月子は言った。まるで二人の間にささやかな秘密の時期があったことなど、遠く忘れ去っている表情だった。もしもそんなことなど口に出したら、鼻の先で笑いとばされるか、頭から否定されるかのどちらかだとしか思えなかった。

その月子から会社に突然電話がかかって来たのは、数年経って晃が俊子と結婚する少し前だった。相談にのってくれないか、との呼び出しを受けて退社後に新宿の喫茶店で落ち合った時、月子はまた前とはひどく変っていた。もともと細面ではあったけれど明らかに頬がこけ、乾いた髪はろくに手入れもされていない感じだった。身に着けているものも粗末で、普段着のままサンダルでもつっかけて出て来たような印象を受けた。晃ちゃんは結婚しないの、と力のないだるそうな声で訊ねた。もうすぐ結婚する予定だ、と彼の返事を聞いても、よかったね、とも、やめなさいよ、とも言わなかった。相手の椅子の方が下っていたのか、月子は終始低い顔からものを言っているように思われた。相談がある、と電話をかけておきながら、食事を誘うと彼女は突然立上り、なにも話さぬうちに帰って行った。

その後、二度会社に電話があった。一度は仕事が忙しい時で月子の都合に合わせられなかった。二度目は結婚したすぐ後であったため、晃の方が会う意思を失っていた。たまには母親を通して噂を聞くことはあっても、遅く子供が生れた、という程度の話で、彼女の存在はいつか晃の中から遠ざかって行った。ただ、なにかの拍子にふっと思い出す折があると、それは早く結婚しなさいよ、とゆったり笑う彼女ではなく、なぜか疲れて汚れている彼女だった。あの月子ちゃんの方が好きだ、と幾度も考えた――。

遠い記憶の底の景色を眺めるように想念を追ううちに、電車はいつか府中駅を出て外の風景は変り始めていた。線路が大きく左にカーブして分倍河原の駅を過ぎるあたりから、左手の建物の間にちらと暗緑色の丘のようなものが望まれた。工場でもあるのか、ゴミ焼却場か、曇り空の下に雲より濃い煙を吐き出している煙突が見える。高速道路らしいものをくぐった、と思う間もなく、中河原と書かれたプラットフォームが飛び去った。家の屋根ごしに白木蓮の花のぽっと灯っているのが眼に映る。河原という駅が続くのだから多摩川が近いに違いない、と気がついた時、電車は再び左に曲って予想通り広い川を渡った。水は少なく、枯草と石ばかりが拡がる乾いた河原だった。川下にあたる長い橋に車の列が出来ている。

多摩川を越えたのだとすればもうすぐだ、と頭の中に地図を浮かべて晃はコートのポケットのお札を上から押えた。

聖蹟桜ヶ丘には、花の季節に一度だけピクニックに来た覚えがあったが、今は駅に接してデパートらしい大きなビルが建ち、道幅のゆったりした道路が線路に沿って通り、昔の面影は全く消えていた。高校生の頃だとしたらもう四十年近くも前になるか、と計算して晃は苦笑した。

しかし駅から少し走れば、段になった畑地の所々に白と赤の梅の花が咲き分れている。鬱蒼とした竹藪が身を傾ける山裾を廻った電車は、あっという間に百草園の駅を通過していた。どんな土地に月子は住んでいるのか、と思いを巡らす暇もなかった。

今のことだから、いくら起伏に富み、竹藪や林があったとしても、ひとつ坂を登って道を折れれば大きな団地が現れたり、モルタル造りの建売住宅が並んでいてもおかしくはない。事実、このあたりは都心への通勤圏であり、すぐ近くの多摩ニュータウンから晃の会社に通っている同僚も幾人かいる。

しかし離婚して実家に戻ったという月子には、団地でも建売住宅でもなく、丘の下にひっそりと蹲《うずくま》るような小さな家に暮していて欲しかった。そんな家がどのあたりにあるのか、と座席から立上った時、晃の気持ちはもう固まっていた。

高幡不動駅の改札口を出た晃は、低い軒の下に立ってあたりをぐるりと見廻した。左手にさほど高くはない京王ストアの建物があるところは私鉄沿線の見馴れた眺めだったが、眼を右に転ずると雰囲気はがらりと変った。信用金庫とタマ・カルチャー・センターとの間を斜めにはいる道の上を、「高幡不動尊参道」と書かれた屋根つきの横に長い看板がまたぎ、そこから先は商店街の街路灯の下に仄赤《ほのあか》い花飾りが連なっている。飾りの奥に見える緑青色の屋根は既に不動尊の一部であるらしく、その一画には門前町の雰囲気が色濃くたちこめていた。

目的の場所があまりに間近であることに晃は拍子抜けしたが、足はすぐ参道には向わなかった。むしろ反対の方角に歩き出し、公衆電話をみつけると電話帳を調べた。住所に百草とは記されていなかったものの、月子の父親の古めかしい名前は簡単にみつかった。

コートの上から固い木のお札を押え、ちょっと待って下さい、すぐ済みますので、と言訳けしながら彼はポケットの十円玉を探った。

いざとなると、しかしさすがに気後れがした。月子達がまだ世田谷に住んでいた頃、その家へはよく出入りして両親とも親しかったのだから、電話に出た老夫婦に挨拶してもおかしくはない筈だった。長の御無沙汰を詫びれば、かえって年寄りに喜ばれるかもしれない。けれど、そうするつもりはなかった。もし受話器を取ったのが月子でなければ、黙って電話を切るつもりだった。自分がどちらを望んでいるのか、晃自身もわからなかった。ただはっきりしているのは、ここまで来て電話をかけずに帰ってしまったら、きっと後悔するに違いない、という一点だけだった。

大きく息を吸って受話器を摑み、十円玉を落して耳を澄ませた。ツーと聞える発信音が、月子のすぐ傍まで這い寄って行くかのようだった。

「はい、もしもし。」

耳に押しつけた冷たさの中に、低い女の声が聞えた。老女とは思えなかったが、彼の考えている声よりかなり老けていた。息を殺して次の反応を待った。

「もしもし、もしもし、三宅ですが――。」

繰り返す「もしもし」の最後の「し」が尻上りに高くなった。

「あの、月子さん、いらっしゃいますか。」

つんのめるような声が口に出た。

「はい、私ですが……。」

「月子ちゃん？　やっぱりそうだった。わかる、誰だか？」

受話器の奥が真空になった。その向うでなにかが揺れている。

「……え？　誰かしら……もしかしたら、晃ちゃん？」

「そう、しばらくでした。」

「まあ、晃ちゃんが電話くれたの……お懐しい。久し振りだわねえ。」

「二十年？　三十年振りくらいになるかな。」

「そんな。三十年も経っていないわよ。」

少し声が張りを帯びて抑揚を増すと、月子の姿が遠くにぼんやり現れた。

「おふくろから、月子ちゃんが御両親と一緒に居るって聞いたものだから――。いろいろ御苦労だったようですね。」

「ありがと。大丈夫よ。生きてます。」

「いや、電話したりするのは御迷惑かもしれないって、随分迷ったんですよ。でも、ちょっと用があって近くまで来たのでね。」

口ではそう言いながら、実はこれまで相手の方の気持ちなど全く考えていなかったのではないか、との疑いがちらと頭をかすめた。

「近くって、どこにいらっしゃるの？」

「高幡不動の駅前。」

「お仕事ですか？」

「今日は休みなのに、野暮な用事でね。」

「まさか、晃ちゃんがお不動様にお参りに来たわけじゃないでしょう？」

「ところが、そうなの。信心深いおふくろ様の代役でさ——。」

晃の説明を短く頷きながら聞いていた月子は、彼の言葉が切れた時、ぽつりと呟くように言った。

「——パパは大変なのね。」

「大変ではなくて、馬鹿みたいなもんさ。」

悪いことを話してしまった、と慌てて彼は言訳けをした。月子は黙って答えなかった。

その沈黙が一層彼を慌てさせた。なにかが思わくと喰い違っていた。

「うちに、おいでになるつもりはないのでしょう？」

追い打ちをかける口調で月子が訊ねた。訊ねるというより、念を押していた。

「今日はそのつもりではなかったから、お宅にはいずれ改めて、と思っていますけど……。」

しどろもどろに答えて晃はポケットの十円玉を幾つか公衆電話に押し込んだ。

「外で会っても、晃ちゃんには私がわからないわよ。」

彼が口には出さなかった期待に向けて、月子がぴしりと答えた。

「お互い様だよ。ぼくだってもう髪は半分白いもの。」

それを言う時、自分の奥を恥じらいともたじろぎともつかぬものが走り抜けるのを彼は覚えた。けれど、同じことが彼女にとってはどんなふうに感じられているかを想像するのは難しかった。

「男の白髪は歳の名誉ですもの。」

こんな話し方をする人だったたか、と驚きながらも彼は思わず問い返した。

「女の白髪は？」

「染めるからわからないわ。」

男だって最近は、という反論を晃は呑み込んだ。

いずれにしても、これは駅前の公衆電話で語り合うにふさわしい話題ではなさそうだった。十円玉がなくなるからではなく、もう観念せねばならぬ時だった。

「ごめんなさい。近いようなので、もし暇があってここまで出て来る気があるなら、お不動様の境内でも久し振りに一緒に散歩しようかと勝手に考えたんだけど、やはり、諦めて帰ります。」

「そう……。私もお天気がいいと、時々そこにひとりで行くの。」

「中は広いのかしら。」

「向って左手が山になっていて、上ったり下りたりしながら野猿峠《やえんとうげ》の方まで続くらしいわ。」

「そんな所まで行くの？」

「ううん、私は不動ヶ丘っていう境内の山に登ってね、そこの八十八ヶ所巡りの道を歩くだけよ。紫陽花《あじさい》の季節は綺麗だって言うけれど、まだ早いわね。」

会うことを諦めたと告げると、月子の口調は急に和んで滑らかになった。その気分は晃にも素直に伝わった。むしろ、会わない、と決めたことによって初めて二人が出会えたかのようだった。言葉の中を肩を並べて歩いていた。

「お札を返したら、ぼくも山の方に行ってみようかな。」

「そうなさいよ。でも、雨の後は道が滑るから気をつけないと。」

「ありがと。突然の電話でお騒がせして、すみませんでした。月子ちゃんも、身体に気をつけてね。」

「嬉しかったわ、電話下さって……。」

そのあと月子は小さな呟きをつけ加えたようだったが、晃には聴き取れなかった。え？と訊ね返した。

「いいの。気が変ったら私もって……、だけど、多分行かないから。」

短い笑いが弾《はじ》けて電話は切れた。受話器を戻すと、追加した十円玉がじゃらじゃらと返却口に転げ落ちた。

大きく溜息をつき、コートのポケットから細長い袋に収められたお札をそろそろと引き出すと、晃は参道と示された斜めの道に足を向けた。今はただ、不動尊にお礼の参詣に行くのだ、と言いきかせた身体の奥に、月子の笑いがまだ響いていた。

商店の並ぶ参道は、川崎街道と標識の立てられた車の多い道路にすぐぶつかり、それを渡った正面が仁王門だった。門の上に注連縄《しめなわ》の張られているのがお寺にしては珍しかった。しかしそれより晃が驚かされたのは、左手前方にいきなり聳《そび》え立つ朱色の五重塔だった。近年再建されたものに違いなかったが、その色のあまりの鮮かさは背に負うた暗い緑の斜面から妙に浮き上り、塔自身が戸惑っているかのような印象を受けた。

俺は寺院の見学に来たわけでもなければ観光客でもないのだから、と思い返して晃はそそくさと仁王門をくぐった。

「お護摩受付所」と横に大きく書かれた建物の窓口で教えられた手続きは、呆気ないほど簡単なものだった。不動堂の裏手にお札を返す場所があるからそこに置いて行くように、との指示に従って古いお堂の後ろに廻ると、達磨や、お札らしい紙の袋や、ビニールの風呂敷包みや、蓋のついた四角い籠などが台の上に雑然と積まれている、小屋掛けに似たものにぶつかった。他にそれらしい場所が見当らぬので台の隅にお札をのせ、軽く一礼してそこを離れた。

このまま立ち去るのでは入学手続きより事務的だ。少なくとも、お賽銭をあげて息子が試験に合格したお礼のお祈りをしなければならない。不動堂の正面に引き返した晃は賽銭箱に百円玉を投げ、手を合わせて眼を閉じた。なんといっても、徹の浪人が更に延びずに済んだのは有難かった。それには、母親のお参りが無縁であったとは言いきれない。

有難う御座居ました、有難う御座居ました、と口の中で唱えるうちに、じっと眼を閉じてしばらく立ち続けていたい念に誘われた。なにか大きなものが前にあり、その中に吸い込まれて行きそうな気分に襲われた。ここで同じように手を合わせていただろう母親の姿が、遠くにぽつんと見えた。

背後の人声に気づいて晃は眼を開けた。黒く光るヘルメットを手にした背の高い若者が二人、青と赤の組み合わされたライダースーツに身をかためて手の中の小さなコイン入れを探っている。先刻の受付所で交通安全祈願の護摩を焚いてもらうよう用紙に書き込んでいた二人連れだった。彼等のつまみ出したのが十円玉であるのを眼にすると、百円のお賽銭が少な過ぎたのではないかと気の咎《とが》めていた晃は、救われるような気がして彼等の横をすり抜けた。

　出かけて来た用件はすべて果した、と思いたかった。肩の荷のおりた気軽さで駅に引き返していい筈だった。家を出た頃より空は明るくなり、しっとり湿った境内をまばらな参詣人が歩いている。杖をついた白髪の老婆が、中年過ぎの女性に伴われて不動堂の脇をゆっくり下って来るのが眼にとまった。上の方にまだ堂宇などがあるらしい。晃の足は、やはり駅とは反対の方角に動き出していた。

　石段の正面に山門があり、登り口の脇に立つ葉のない低い木が黄色の小さな花をつけている。蝋梅だろうか、と近づくと、「山茱萸《さんしゆゆ》」と書かれた木片が幹にさげられ、「はるこがねばな」とそえられた和名が読めた。枝先にかたまる黄金色の花弁から、雄蕊《おしべ》なのか雌蕊《めしべ》なのか、細い花心の束の懸命に突き出る様が可憐だった。

　石段の上から母親に似た年齢の数名の老女が賑やかに降りて来るのを見ると、晃は登る気を失って道をそれ、五重塔の裏手へはいった。

「大師堂」と立札のある小ぢんまりした瓦葺きのお堂があり、山内八十八ヶ所巡りの順路がその奥から始まることを矢印の標識が示している。月子が電話で言った山の道とはこのことか、と思い当った晃は、呼ばれたように矢印の告げる小道に足を踏み入れていた。

木々の間に立消えになりそうな心許ない小道は、やがて登り坂のやや広い道にぶつかった。そしてたちまち、右に左に山内八十八ヶ所の番数を告げる金属製のプレートと石仏とが現れ始めた。プレートにはこれがうつしであることを示す本四国札所の所在が示され、石の坐像にはどれも赤い頭巾がかぶされていた。

登るにつれて木々は深まり、小さな崖下、笹の中、灌木の陰、松の根もとに、と子供ほどの石仏は連なって行く。薬師如来があり、地蔵菩薩が坐り、虚空蔵菩薩が薄く眼を閉じ、千手観世音が祈っている。上り下りのある道は様々にくねっても、番数を示す標識と赤い頭巾のために、次の石仏はすぐみつけられた。どの仏像にも台の石に奉納者らしい名前が刻まれ、近づくとその上に一円玉数個と指先ほどの折り鶴が供えられている。

途中から番数を追うことに夢中になった晃は、自分が今なにをしているかも忘れてひたすら山道を辿った。ある時、ふと数えてみると供えられた一円玉は必ず八個だった。七つしかない折、下を捜すと枯葉の上に一つ落ちているのをみつけた。それを拾って七つあるアルミ貨の横に並べ、また先を急いだ。あたりには人の気配もなく、鴉の鳴声だけが木々の梢から降って来る。

コートの下で肌がじっとり汗ばんでいるのに気づいたのは、五十番を過ぎて道がいきなり薄緑の金網にぶつかったためだった。小山の最高部に達したらしく、眼下に家々の屋根が拡がった。金網に遮られてすぐ足許は枯草の先に見えないが、おそらくかなりの高さに切り立った崖の上に出たに違いない。

雲の間から急に薄い陽が差した。その方角から察するに、遥か彼方に淡く横たわるのは奥多摩の連山ではあるまいか。

それにしても、こんな所を時々独りで訪れるという月子が何を思いながら歩いているのか、と想像すると晃は急に胸が締めつけられた。単なる感傷かもしれないし、余計なお節介と言われればそれまでだ。家族を失ったとはいえ、夫や子供と死別したわけではないのだから、一円玉を八つずつ石仏に供えてまわる人に比べればまだ幸せであるとも推測される。

それならば自分は……と我が身を振り返った時、俊子と徹のいる家から、なぜか驚くほど遠く隔てられているのを覚えた。視界の果てに煙る奥多摩の山々より、その向うに続く西の空より、更に更に遠く離れていると思われた。

自分でも戸惑うような想念から晃を現実に引き戻したのは、突然背後で起った枯草のざわめきだった。なにか白いものの動きが視野の隅をかすめた。少し向うの草の間からひょいと犬の頭が出た。チョコレート色の斑点の散ったポインターだった。金網の前に立つ晃の方をちらと眺め、さしたる興味を惹かれたふうもなく、また枯草の中に駆け込んで行く。野犬でなくてよかった、と安堵して道に戻った彼の眼に、グレイの作業服の上下を着込み、折った革紐を手にした男の登って来るのが見えた。八十八ヶ所巡りの順路にはいってから初めてぶつかる人間だった。声を掛けようか、と躊躇《ためら》う彼の前を男は無表情に通り過ぎた。

この道で人に出会うこともある、という考えが、なんとはなしに晃の足を急がせた。電話の切れる直前に、多分行かないから、と洩らした月子の呟きが突然生々しく思い出された。あれは拒絶の言葉を和らげるために彼女がつけ加えた儀礼に過ぎない、と納得したつもりの諦めが俄かにぐらついた。電車で一駅なのだから、もしあの後で家を出たとしたらそろそろ下に着いてもおかしくはない。

それでも、結局は何も起らなかった時の用心に、晃は五十番代からの仏像を順に追うことは止めなかった。

どこかで石の上の一円玉が十個にふえていた。終りが近づくにつれ、一円玉の数は更に増した。布の袋にでもいれて持参したアルミ貨が、意外に沢山残るのに気づいてお賽銭を増額したのかもしれない。それが八十八ヶ所巡りの終着の接近を告げているようで面白かった。

角を曲って五重塔が見えた。一面に黄色い花のついた大木が道にかかっている。同じ山茱萸のようだったが、石段脇にあったものとは見違えるほど堂々たる古木だった。

そして八十七番を過ぎ、八十八番の打ち止めが先刻矢印の標識を見かけた大師堂だった。なにを謝しているのかはっきりしなかったが、晃は小振りの賽銭箱に百円玉を入れて深々と頭を下げた。

そこから境内を見渡そうとした晃は、石灯籠の横に祀られた赤い頭巾の石仏に手を合わせている初老の女性がいるのに気がついた。どきりと胸に痛みが差した。一瞬、月子ではないか、と思うと苦しいほど鼓動が高まった。中背で小肥りの女性は、しばらく拝んでから顔をあげ、また両腕を身体の脇に大きく廻して手を合わせると頭を垂れた。顔も似ていなかったが、いかにももの馴れたその拝み方が月子の仕種《しぐさ》とは思えなかった。

幾度も同じ身振りを繰り返す女の後ろを抜け、晃は馬酔木《あせび》の横の低い石段を降りた。不動堂の方に足を向けると、オレンジ色のジョギングウェアを着た女性に追い越された。短い髪の形からみて、こちらはあまりに若過ぎるようだった。

外で会っても私がわからないわよ、と断定した月子の言葉が気味悪く胸の底を動いていた。もしそれが本当なら、石仏を拝んでいた女も、足早やに追い越して行った女も、絶対に月子ではない、とは言い切れない。こちらは半白の髪になったと告げたのに、彼女の方はどう変ったとも言わなかったのだから。

そう考え出すと、ひどく落着きの悪い気分だった。どこから見られているかわからない。しかも誰がその人なのかも摑めない。

前から来る中年を過ぎた二人連れの女性の片方に、擦れ違いざま名を呼ばれた気がして立停った。二人は親しげに頷き合いながら歩み過ぎて行くだけだった。

月子は出て来たりはしないのだ、と彼はひたすら我が身に言いきかせた。電話の切れた時、このイベントは終ったのだ、とあらためて納得させようとした。

けれど、札所の前になにをするともなくぼんやり立っている五十がらみの白いカーディガンを着た女性を認めると、やはり近寄ってみずにはいられなかった。乱れた髪と艶の悪い肌と、やや左右の大きさが違う眼つきとを確かめた瞬間、晃は自分の内を怯《ひる》むものが走り抜けるのに狼狽《うろた》えた。眼をそらすには遅過ぎた。もしかしたら月子ちゃん？　と声を掛けようとして近づいた時、札所の前から頭の禿げた男に呼ばれた女は、なにごともなかったように晃に背を向け、だるそうな足取りで相手に歩み寄って行った。

もう帰ろう、と思った。たとえ境内にいるすべての女性が月子だとしても、もう自分のうちに帰ろう……と晃は思った。

ただ、来た時と同じように参道を高幡不動の駅へと戻り、そこから電車に乗る気にはどうしてもなれなかった。うちは遠くにあるのだから、長い時間をかけて帰りたかった。山の頂きで金網ごしに家々の屋根を眺めた折の感慨が、また静かに蘇っていた。

京王線でなければ、中央線の日野駅からバスもある、と電話で言った母親の言葉がふっと頭に浮かんだ。

仁王門を出て信号を渡った晃は、すぐ前の商店で日野駅への道を訊ねた。さあ、バスがあるけど、歩いたら三十分、男の足でも二十分以上はかかるねえ、と店の主婦らしい女が教えてくれた。

「こっちに行けばいいんですね？」

見当をつけて彼は街道の左手を指さした。

「逆ですよ。右の方へ行くと浅川を渡るからね、そこからまたどんどん行って——。」

彼女はおかしそうに反対の方角に手をあげた。

夕暮れが近いためか、川崎街道の車の通行は激しかった。ガードレールのない道路を晃はダンプカーや大型トラックと肩を触れ合うようにして歩いた。

標識のある三叉路に出た。どちらにも「日野」の字はない。弛やかな登り坂になる右手に川のありそうな気配が感じられたので右折した。急に車の数が減り、二、三十メートルも進むと眺望が開けて広い河原にかかる橋に出た。

西の空は雲に覆われながらも淡い陽の色を滲ませている。その下を力のない水が洲に割られて下って来る。青い手摺のついた橋の歩道には、向うから来る高校生くらいの女の子の他に人影はなかった。俯きがちに足を運ぶ少女の横を過ぎた。
五、六歩あるいてから、晃は遥々とした空気に誘われて足を停め、背後を振り返った。川下側の手摺の向うに、高幡不動の山と思われる暗い緑がこんもり盛り上って見えた。樹木の繁みの端に五重塔が小さく立っている。暮色に染られたためか、華美な彩りを失った塔はくすんだ佇《たたずま》いを夕景に埋めていた。

晃はふと橋の歩道に眼を戻した。白いブラウスに濃紺のジャンパースカートを着けた少女は、くっきりとした輪郭の後姿を橋の上に刻んだまま、同じ歩調で確実に遠ざかって行く。

――あれが月子だったのだ、と晃は低く呟いた。いま、静かに高幡不動に向っている……。

そう考えるとなぜか胸が和み、彼はまだ遠い日野の駅に向って再び長い橋を渡り始めた。

# 土地の名前

黒井千次

「たまらん坂」と題した短篇小説を書き、文芸誌「海」に発表したのは一九八二年の初夏であった。

当初から明確な意図があったとはいえないが、自分の住んでいる土地やその近辺を作品の舞台にもテーマにもしたような短篇を幾つか書いてみたい、との思いは漠然と身の内にあった。

住む土地といえば子供の頃からJR中央線の沿線であり、大人になってからは特に東京西郊に定住したため、その範囲はほとんど武蔵野に限られる。そこに根をおろす作品を五、六篇書いてシリーズ化出来れば、「武蔵野短篇集」と呼べそうな連作が実現するかもしれぬ、との望みは次第に明確な形をとり始めた。

その取っ付きが「たまらん坂」だった。この奇妙な坂の名前は前から頭のどこかに引っ掛かっていたので、「武蔵野短篇集」などという企みがもしなかったとしても、いつかはそれについて書いていただろうという気がする。いやむしろ、「たまらん坂」を書くことによって武蔵野の土地の現在を綴る連作のイメージが姿を見せたのだといえそうである。

そんなふうにして出発したにもかかわらず、当の「たまらん坂」を発表した少し後、短篇シリーズの試みは座礁した。続けて作品を掲載してくれる筈の「海」が休刊に追い込まれたからである。

当時「群像」に短篇連作の「群棲」を二、三か月おきに執筆中であったため、しばらくはそちらに全力を集中する運びとなった。「群棲」も住む土地に関係のある作品だが、こちらは一本の短い袋小路を構成する、向う二軒片隣の四軒の家を巡る話である。場所が狭く限定され、お互いに隣家同士である家族を描くため、住生活の密度は高まっても空間の自由は失われがちである。

三年ほどかかって「群棲」を書き上げた後、ようやく「たまらん坂」に続くシリーズに舞い戻った。福武書店が刊行していた文芸誌「海燕」がそのシリーズを載せてくれることになったからである。

第二作の「おたかの道」が掲載されたのは一九八五年の十一月号であり、「たまらん坂」発表以降三年余の歳月が流れていた。「武蔵野短篇集」の側からいえば空白の時間でもあったけれど、その間の袋小路への集中ともいえる「群棲」の仕事は、ある意味では武蔵野の土地を自由に選んで描くことの出来る短篇集への助走であったかもしれない。次はどこの土地を取り上げどのような話を書くかを考えるのは、不安と期待の入り交じる楽しみのひとときでもあった。

「おたかの道」を書いた時、シリーズ各篇のタイトルの固有名詞はすべて平仮名を用いようとの考えが固まった。収められている七篇はいずれも実在の場所を舞台としており、夫々に漢字の名前はあるのだが、それを平仮名で示すことによって話をほんの少し実際の土地から引き離し、より自由な空間に向けて押し出してやりたい思いがあった。

また一方、それらの場所は住いからさほど遠くないためもあり、日頃の暮しの中でよく耳にする名前でもあった。つまり地名や道の名前などは公式の表示を漢字で読むのではなく、日常会話の中で口に出したり耳に捕らえたりすることが多かった。音声によるその柔らかな感触を伝えるには平仮名がふさわしい、と考えた。親しい土地や場所の名は、記録や通知のようなものをのぞき、日常の暮しの中では平仮名で生きているのであり、平仮名で漂っているような気がしてならなかった。

ＪＲ中央線でいえば武蔵小金井から日野・豊田の辺りまで、七つばかりの土地や場所を取り上げただけの作品集に「武蔵野短篇集」と副題をつけるのはいささか大仰なようで気後れを覚えなくもなかったが、その周辺が武蔵野の一部であることは間違いないのだし、自分の最も親しい武蔵野はここなのだ、との思いがあえてこのサブタイトルをつけさせた。

これまで様々なことを考え、種々の試みを重ねながら小説を書いて来たつもりだが、短篇集『たまらん坂』はその中でも特に輪郭のはっきりした一冊である、と今振り返ってみてそう感じる。

# 『たまらん坂』と黒井文学

解説

辻井　喬

一九九〇年代の初め、黒井千次と粟津則雄が、相次いで「自画像」についての著作を発表したことがある。これはたまたまそうなったというに過ぎないのだろうが、それだけにかえって時代の動きのようなものを感じさせたのでもあった。

それは僕には、世紀末と呼べる年代に入って、自分とは何か、日本人とは何かを歴史的にも社会的にも確かめ直さなければならない必要性を多くの人が考えはじめたことの証明のように思われたのである。

黒井千次はその『自画像との対話』を発表した翌々年の一月に、「短編小説生まれにくい現代」という小論を新聞に発表している。そのなかで彼は、

「短編的体験とは、くっきりとした輪郭をもつ暮らしの記憶であると同時に、それに対応する表現の形式の自覚でもある。『初期短編』と呼ばれる作品群が、一人の小説家の作品

黒井千次（昭和61年4月）

歴において独特の輝きを放つのは、そこに体験（必ずしも実体験のみとは限らない）と表現との瑞々しい緊張関係が張っていたからではあるまいか。このままでは、やがて『初期短編』という言葉も死語と化すかもしれない」

と書いている。ここで「このままでは」というのは、日常的な快適さに慣れているうちに、知らず知らず幾つもの生活感覚が失われていく状態に無自覚でいる態度を指している。この実作体験に裏付けられた短篇小説論は説得力を持っていると同時に、期せずして本人が語った黒井千次文学の自画像になっている感がある。勿論彼は快適さに慣れた世代のなかからかえって新しい形の短篇が生まれる可能性を指摘することも忘れてはいないのだが。

考えてみれば黒井千次は常に生活体験の希薄化、浮遊化と向き合ってきた、その意味で過渡期の時代の作家と言うことができるだろう。その道は決して平坦ではなかった。彼は『群棲』を書き『春の道標』で青春に戻り、『カーテンコール』で領域を拡げる等々、生活様式の大きな変化という時代の流れの中にあって休みなく自分の文学空間を押し拡げる努力を続けてきた。その意味では文学的求道者という側面をも示してきた作家である。僕が短篇集『たまらん坂』を中心に置いた黒井文学の解説の冒頭に彼の『自画像との対話』を取り上げたのは、この求道者の歩みが決して平安なものではなかったと感じているからである。彼は巻末に収められている『ドラマとしての自画像』という論文のなかで、

「自画像とは危険な絵画なのである。それは自己認識の表現であり、自己と外界との接点を探る行為であり、ナルシスムとも通い合う、存在の矜持を自覚する営為であるからだ。自画像は、何よりもそれを描く本人にとって危険な絵画といわねばならぬ。自己を外界に向けて曝そうとするためである。と同時に、描く本人をもまた、危険な人間とせずにはおくまい。おそらく自己を深く掘る人は、他人をも掘り、外界をも掘削する」

と述べている。

この自画像論もまた黒井千次の文学論、あるいは文学者論になっているのではないか。作家の場合、自らの文学的体験を棚上げした文学論というものはあり得ないと僕は考えているが、その点で黒井千次はどんなに明快な分析力を示した文章も彼の文学作品になっているという典型的な文学者なのである。

彼は初期のいくつかの作品で青春時代の思想的、精神的彷徨を描いているが、彼の場合その彷徨は結果として文体の確立への歩みになっていた。高橋英夫が「いま、最も上手な作家といったら黒井千次かもしれないという気がする程である」と『カーテンコール』の書評で述べたのはこのことと関連していよう。もうひとつ彼の特徴はその探求が常に整った佇まいのもとで進められているということである。彼の作品の牧歌的な叙情性の背景には、謹厳さと見られかねない佇まいを隠そうとする含羞がなんとなく漂っているように僕には思われる。

短篇集『たまらん坂』はそうした黒井文学のひとつの結晶と言えるのではないか。彼自身の解説によれば一九八二年に「たまらん坂」を書いてから、次の「おたかの道」を発表するまでに三年半近い年月が経っており、他の五篇が揃うまでにさらに数年がかかっている。この短篇集の二作目を書く前に谷崎潤一郎賞を受けた『群棲』が発表されていることに僕は注目したい。というのは、黒井千次は『群棲』で向う二軒片隣の四軒の家庭を巡る現代の日常生活の深淵を掘り下げて見せているからである。この作品は、あえて狭い空間に舞台を設定して各々の家庭と四軒の家族間に浮遊する現代に生きる人間の本質を追求した野心作であったからである。知識人として、またビジネスマンとして戦後社会から数々の思想的影響を受け、文学者としては観念の重荷を背負う危険性に満ちた歩みを重ねた黒井千次にとって、その時代に限定された属性から脱け出すためには、どうしても書かなければならない素材だったのである。つまり『群棲』なしに『たまらん坂』は成立せず、また『たまらん坂』抜きでは『群棲』は叙情の弾力性を失うという関係が成立していたと言っていいだろう。

先に引用した「短編小説生まれにくい現代」ばかりでなく、黒井千次の書くものは『夜更けの風呂場』のようなごく短いものの集成においても、自らの作家としての体験にしっかり裏打ちされていて、大胆な結論も説得力を持っているので、そうしたものの中に黒井千次文学の解明の手掛りを見付けることも可能である。現在、新聞に月一回のペースで掲載されている「時のかくれん坊」などもその例のひとつになるに違いない。

こうした手掛りをも参考にしながら黒井千次の作家としての姿を探るならば、『たまらん坂』が作家黒井千次のなかに占めている重要性は明らかである。

冒頭に置かれている作品は毎日「たまらん坂」を登って家に帰る男の物語りである。ある時、彼は友人飯沼要助に、登り坂と降り坂の違いについて質問される。友人の家は坂の上に建っていて、ＪＲの中央線の国立駅で下車した彼は、毎日〝たまらん坂〟を登って家に帰る。友人はこの状況を主人公に説明して、

「明るい街灯に照らされた商店街を抜けた後、丈の高い水銀灯がぽつんぽつんと灯る坂道を俯きがちに登っているうちに、少しずつ身体が家に向けて馴染んで来る」

と言うのだ。

「それは帰宅の儀式のようなものなのか」と、主人公の私は訊ねてみずにはいられない。小説だから友人の要助は過去に会社へアルバイトで来ていた女子学生と深い関係になった経験があることになっているが、これは毎日決った時刻に通勤・退社・帰宅を繰返す平板さに対する反抗の喩のようなものと考えていいだろう。というのは、家庭の暮しが女子学生の出現で揺れ動いた日々にではなく、むしろ安穏が戻った後になって坂の名前へのこだわりが芽生えたと明記されているからである。

黒井千次は毎日満員電車に乗って富士重工という大企業に行き、そこで真剣に働いてエ

ネルギーを費し、疲れて帰宅するという生活体験を持っている。僕はその時期、彼を捕えていたのは抽象的に表現すれば〝組織と人間〟〝企業の論理と人間の論理〟というようなことではなかったかと推測している。

おそらく彼はどんな組織や企業に入り、そこでどんな役割を担ったとしても現代人を規定しているのは、会社の名前や家柄、学歴の有無や資産の大小ではなく、より生活の基盤に近いところで現れる人間性とでも呼ぶしかない存在の質の感じなのだということに目をつぶることはなかったに違いない。

しかし安穏になった家庭生活のなかで、要助が発見するのは自分の絶対的な孤独なのだ。それは年齢から来る妻や子供との感性の違いであり、昼間の時間の過し方からくる世の中への関心の持ち方の違いであったりする。妻が息子と一緒の時は、楽々と息子の感性の領域に棲んでいることの発見も、家の主人である彼の孤立感を強めるのだ。

よく、経営者が自ら、「経営者は孤独だ」などと言うのを聞くが、僕はそうした発言に接するたびに著しい異和感を覚えてしまうことを想起する。そんなに孤独が厭なら経営者をやめたらいい、という反発がその異和感には含まれているし、彼らは日常の家庭の中での孤独に気付いていないだけのことではないか、というひそかな軽蔑の念がそこには混っているように自分で思う。黒井千次の作品に多くの読者がついているのは、この孤独感の質が自分と同じだという共感を呼び起すからに違いない。

『たまらん坂　武蔵野短篇集』カバー
（昭63・7　福武書店）

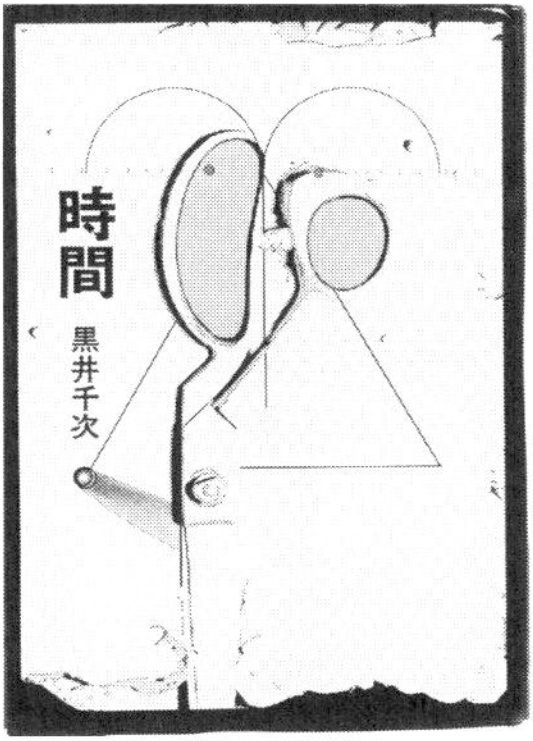


『時間』 カバー
（昭44・8　河出書房新社）

『群棲』 カバー
（昭59・4　講談社）

『一日　夢の柵』 カバー・帯
（平18・1　講談社）

坂の名前に拘泥《こだわ》るようになった要助は、それが「多摩蘭坂」なのか「たまらん坂」なのかが気になってくる。そのうちに彼は、この坂をかつて戦に破れた落武者が逃げのびていったという幻想にとり憑かれる。落武者の姿にどれくらい自分が投影されているかどうかはさておき、この幻想は要助の胸の奥に蔵われていたロマンへの夢のかすかな反響かもしれない。この名前には人気歌手忌野清志郎の同名のヒット曲などが絡んでもくるのだが、調べるにつれて落武者の姿は遠のき、替ってこの一帯を開発した土地会社の存在などが浮んできてしまうのだ。

「おたかの道」の主人公の真吉は停年まで一桁の年月しか残されていない平凡な勤め人だ。彼の胸中にどこかで聞いたことがある〝おたかの道〟という名前が少しずつ気になってくる。というのはその名前が、学生時代はじめて乳房を見せてくれた女子学生多加子を連想させるからである。この心の状態の変化は自分の先行きがもう見えてきてしまった今になって、僕にはいくつもの選択肢があったんだと青春時代を想い返す気持が強くなったからなのだ。

ある雨の日、人気のない喫茶店に入った彼に向って多加子は白いブラウスの胸のボタンを外し、

「そっとなら、触ってもいいわ」

と真吉に言うのだ。しかし二人の関係はそれ以後少しも進まなかった。

彼は〝おたかの道〟の所在を調べ、最後は国分寺駅の改札員に教って国立行きのバスに乗る。彼は「偶然耳にはいった一本の道の呼び名が悪戯をした」のだと、自分に言い聞かせる。しかしバスを降りて歩き出せば、「なにものに向けられているのか定かではない期待と、なにを恐れているのかはっきりしない不安」とが彼にまとわりつく。

ようやく辿り着いた〝おたかの道〟の入口には国分寺市が建てた新しい「お鷹の道遊歩道」という説明文の案内板が立てられている。それには――〈お鷹の道〉は江戸時代に将軍家が鷹狩りに行き来するのに使われたといういい伝えにもとづいて（中略）緑の武蔵野と史跡探勝遊歩道に整備したものです――と書かれていて真吉の胸のなかにあった期待はなぜか急速に萎んでゆく。そのすぐ後で彼は偶然その近くに住んでいる昔の同級生に会い、多加子がもう六年も前に死んだことを報らされる。

「せんげん山」では、主人公の辰造が五年間会社の同僚だった久美子という女性の新婚家庭に招かれる話である。しかし訪ねてみると夫の帰りが急に遅くなったことを報らされる。所在なく長いソファーに二人で並んで坐っていると、久美子は彼の肩に自分の頭をもたせかけてくる。キスをしようと思った途端、彼は彼女に強く突き飛ばされる。あわてて逃げ出した彼は浅間山と書いて〝せんげん山〟と呼んでいる古墳かもしれない岡に向う。しかし〝せんげん山〟は古墳でも由緒ある岡でさえもなく、平地から押し出された盛り上りに過ぎないことを説明している掲示板を発見し、思わず、

「バカな山だな――」

と呟かざるを得ない。

黒井千次は前掲の『夜更けの風呂場』というエッセイ集のなかで、「外に出て偶然の折に忘れられぬほど鮮やかで豊かな印象を与えてくれるのは、いつもほとんど女性なのである」

と書いているが、そうした女性が「のびどめ用水」「けやき通り」にははっきりと姿を現わす。それはこの短篇集に登場する主人公格の男性が社会的存在の形が決ってしまった疲れた中年、あるいは初老であるのと鮮やかな対照を見せる。

「のびどめ用水」の主人公は六十歳前なのに関連会社の閑職に移されることになった男である。彼は玉川上水の清流が復活したというポスターを見て自分の目でそれを確かめついでに野火止用水も見たいと考える。そこで彼は不思議な中年直前の女性に遭遇する。しかし、野火止用水は暗渠になっていてだいぶ歩いてからでないと姿を見ることができない。彼は、この世の総てを拒否しているような後姿を見せて去っていった女性の車ではないかと思える赤い乗用車の運転席に、

野火止用水はまだ土の中です
可哀そうな水なのか　悲しい水か
今はきっと　暗い水でしょう

という、詩のような走り書きを置いて去る。それはその前に彼女が玉川上水の水を、「使い終って、余った、カスの水ですよ」
と吐き捨てるように言った女の言葉を巡って交わされたやりとりを受けてのことであった。

「けやき通り」の場合、主人公の景三は作家らしい。友人のテレビ局のディレクターが、この三十年間、彼が住んでいる武蔵野の変貌を主題に少し長いエッセイを書いてくれ、それを映像にすると言ってくる。その話を聞いて、景三は十年近くも前に〝けやき通り〟で何回か会った四十歳前後の女性を想起する。景三はその彼女と一度大きな欅の木の根元に捨てられていた二匹の仔猫の処置を巡って議論に近い会話を交わしたことがあった。その時は、結局彼女が二匹とも連れて帰ったのであったが。

やがて景三のエッセイをもとに作られた映像が放映されると、その彼女から電話が掛ってくる。「お元気ですか」という景三の問いに、「病気です」という返辞が返される。彼女は、二匹とももう死んでしまった、と告げ、「それは可哀そうでした」という彼に、「みんな、いつかは死にますものね」と言い、電話はぷっつりと切れてしまう。

またここでは触れることができなかったが「そうろう泉園」も「たかはた不動」も他の五作に劣らぬ短篇であることを付け加えておくが、このように見てくると、黒井千次は生活体験の空洞化、その結果としての人間存在の浮遊化と戦ってきた作家だということができそうである。そのために彼は、すでに時代に侵蝕されている存在の自己偽瞞を含む軽薄さを見逃すことなく、しかし偽瞞を摘発するのではなく、ある時は叙情性で、ある時は共に溜息をつくことで包みこもうとしている。その結果、人間の哀しさがより繊細に描かれることになった。彼が「いま、最も上手な作家」と言われるのは、人間のリアリティ追求の結果なのである。この短篇集が現実を追いながら、かつての自然主義リアリズムと根本的に異るのは、視野の広さと人間への温かい理解の眼差しのゆえである。時代の違いも作用していようが、作者の主体性の違いは決定的ではないだろうか。そのような意味も含めて、この『たまらん坂』は初期短篇集の瑞々しさを失うことなく成熟した黒井千次の代表作と言って差支えないと僕は思う。

# 年譜

黒井千次

**一九三二年**（昭和七年）
五月二八日、東京府豊多摩郡杉並町大字高円寺六二〇番地（現・杉並区高円寺）に生まれる。本名、長部舜二郎。父、謹吾は当時、東京区裁判所兼地方刑事裁判所検事。後、最高裁判事を経て弁護士に。母、靖子との間の次男。
**一九三四年**（昭和九年）　二歳
父の転勤で名古屋市に移る。
**一九三七年**（昭和一二年）　五歳
父の転勤で東京に戻る。淀橋区西大久保（現・新宿区大久保）に住む。以後現在までの大半を、中野・小金井・府中など、東京西部のJR中央線沿線で過ごす。
**一九三九年**（昭和一四年）　七歳
四月、豊島区立高田第五小学校に越境入学。
**一九四四年**（昭和一九年）　一二歳
八月、長野県下高井郡平穏村の上林温泉に学童集団疎開。
**一九四五年**（昭和二〇年）　一三歳
三月、中学進学のために帰京。四月、東京都立武蔵ヶ丘中学校に入学。六月、都下小金井に移転し都立第十中学校に転校。一二月、府中に移転。
**一九四八年**（昭和二三年）　一六歳
この頃より学校の友人達と作った同人誌『ひ

とで』に小説の習作を載せる。
**一九四九年**（昭和二四年）　一七歳
四月、『蛍雪時代』学生懸賞小説に応募した「歩道」が二等に入選、初めて小説が活字になる（全文掲載は五月）。賞金は五千円。
**一九五〇年**（昭和二五年）　一八歳
都立第十高校（旧都立第十中学校）は都立西高校と改称。八月、中野区塔ノ山町（現・中野区本町）に移転。
**一九五一年**（昭和二六年）　一九歳
三月、都立西高校卒業。四月、東京大学教養学部文科一類に入学。父が長野に転任になったため、大森の知人宅から通学。大学では民主主義文学研究会に所属。
**一九五二年**（昭和二七年）　二〇歳
五月、皇居前広場におけるメーデーに参加（メーデー事件）。一二月、父が転任で東京に帰ったため、中野の自宅に戻る。
**一九五三年**（昭和二八年）　二一歳
四月、経済学部経済学科に進む。横山正彦助教授の経済原論のゼミに参加。
**一九五五年**（昭和三〇年）　二三歳
三月、東京大学卒業。「物を作る場所に身を置きたい」と考え、四月、富士重工業株式会社に入社。当初は二、三年の「社会実習」のつもりだった。群馬県伊勢崎製作所勤務となり、寮生活。
**一九五八年**（昭和三三年）　二六歳
二月、黒井千次のペンネームで「青い工場」を『新日本文学』に発表。以後同誌を主な舞台として、工場や企業内部での労働に違和感を抱く人物を描いた小説を多数発表していく。六月、「メカニズム№1」を『文学界』に発表、文芸誌に載った最初の作品となる。
**一九五九年**（昭和三四年）　二七歳
一一月、富士重工業本社への転勤により帰京。
**一九六〇年**（昭和三五年）　二八歳

一二月、「テレビ独立」を『新日本文学』に発表。

**一九六一年**（昭和三六年）　二九歳
四月、「ビル・ビリリは歌う」を『新日本文学』に発表。五月、黒川千鶴と結婚、東中野のアパートに転居。八月から一〇月にかけて「冷たい工場」を『新日本文学』に連載。

**一九六三年**（昭和三八年）　三一歳
九月、エッセイ「可能性と現実性」を『文学』に発表、以後、エッセイの執筆も増える。一一月、「二つの夜」を『文芸』に発表。

**一九六七年**（昭和四二年）　三五歳
七月、同人誌『層』に参加。九月、戯曲「ゼロ工場より」を『層』五号に発表。

**一九六八年**（昭和四三年）　三六歳
三月、「聖産業週間」を『文芸』に、九月、「穴と空」を『層』七号に発表。「穴と空」は昭和四三年度下半期芥川賞候補となる。以後、五回連続して作品が候補に選ばれる。

**一九六九年**（昭和四四年）　三七歳
二月、一九五二年の「メーデー事件」に関わった人々のその後を描いた「時間」を『文芸』に、三月、「騎士グーダス」を『文学界』に、六月、「空砲に弾を」を『文芸』に、「灰色の記念碑」を『新潮』に発表。「時間」は、昭和四四年度上半期芥川賞候補となる。八月、第一作品集『時間』を河出書房新社より刊行。九月、「花を我等に」を『文芸』に、一一月、「星のない部屋」を『文学界』に、「ネネネが来る」を『月刊ペン』に、一二月、「時の鎖」を『新潮』に、「首にまく布」を『新日本文学』に発表。

**一九七〇年**（昭和四五年）　三八歳
一月、『時の鎖』を新潮社より刊行。三月、富士重工業（最後は宣伝部に所属）を退社。以後文筆生活にはいる。「時間」によって第二〇回芸術選奨文学部門新人賞受賞。四月、「赤い樹木」を『文学界』に、五月、「走る家族」を『文芸』に、「椅子」を『早稲田文学』に、六月、「〈S〉でのたくらみ」を『すばる』に、八月、「見知らぬ家路」を『新潮』に、九月、「闇の船」を『文学界』に、一〇月、「夜と果実」を『層』終刊号に、「虫」を『群像』に発表。同月、『見知らぬ家路』を文芸春秋より刊行。この頃より、家族を主題とする小説が多くなる。

**一九七一年**（昭和四六年） 三九歳

四月、「揺れる家」を『文芸』に、八月、「失うべき日」を『すばる』に発表。同月、『走る家族』を、また一二月、文学上の閲歴を書いた第一エッセイ集『仮構と日常』を河出書房新社より刊行。この年より、古井由吉・後藤明生・阿部昭・坂上弘らと共に「内向の世代」と呼ばれるようになる。

**一九七二年**（昭和四七年） 四〇歳

一月、『新鋭作家叢書（黒井千次集）』を河出書房新社より刊行。一一月、「夢のいた場所」を『文学界』に発表。

**一九七三年**（昭和四八年） 四一歳

七月、「風の絵本」を『群像』に発表。また、連作小説「眼の中の町」にまとめられる小説を『文芸』に発表し始める。第一話は九月、「猫の車」、第二話は一一月、「弔横丁」。

**一九七四年**（昭和四九年） 四二歳

五月、「花鋏を持つ子供」を『新潮』に、七月、エッセイ「戦後を指さす三本の指」を『文芸展望』に発表。九月、「ゼロ工場より」が劇団民芸により上演される。

**一九七五年**（昭和五〇年） 四三歳

二月、「父と子」（第六話）を『文芸』に発表し「眼の中の町」完結。三月、「声の山」を『海』に発表。七月、連作『眼の中の町』を河出書房新社より刊行。

**一九七六年**（昭和五一年） 四四歳

一一月、エッセイ「現代における個と集団」を岩波講座『文学』第一一巻に発表。

**一九七七年**（昭和五二年）　四五歳
二月、『五月巡歴』を書き下ろしで河出書房新社より刊行。「時間」に続き、メーデー事件のその後を扱った作品となる。四月、「果実のある部屋」を『新潮』に、七月、「闇に落ちた種子」を『新潮』に、一〇月、「家兎」を『文芸』に発表。同月、「花鋏を持つ子供」「果実のある部屋」「闇に落ちた種子」を三部作とする『禁域』を新潮社より刊行。

**一九七八年**（昭和五三年）　四六歳
三月、「——のための」を『文体』春季号に、五月、「冬の手紙」を『群像』に、一〇月、戯曲「家族展覧会」を『すばる』に発表。

**一九七九年**（昭和五四年）　四七歳
二月より一二月まで『文学界』対談時評のホストをつとめる。八月、戯曲『家族展覧会』を集英社より刊行、九月、「家族展覧会」が劇団民芸によって上演される。

**一九八〇年**（昭和五五年）　四八歳
九月下旬から一〇月中旬にかけて二〇日間、日本文芸家協会訪ソ作家団に加わってソビエト連邦を訪れる。一一月、「春の道標」を『新潮』に発表。『禁域』に続く自伝的長編小説となる。

**一九八一年**（昭和五六年）　四九歳
一月、「隠れ鬼」を『文芸』に発表。二月、『春の道標』を新潮社より刊行。六月、「石の話」を『新潮』に発表。連作小説「群棲」にまとめられる小説を『群像』に発表し始める。第一話は八月、「オモチャの部屋」、第二話は一〇月、「通行人」。

**一九八二年**（昭和五七年）　五〇歳
一月、ノンフィクション「止むを得ざる学校」を『海燕』に発表。二月、ノンフィクション『記録を記録する』を福武書店より刊行。三月、体験的エッセイ『働くということ』を講談社現代新書に書き下ろして刊行。連作の武蔵野短篇集『たまらん坂』にまとめられる小説を発表し始める。第一話「たまらん坂」は七月、『海』に発表。

**一九八三年**（昭和五八年）　五一歳

二月より一九八四年四月にかけて、評伝風エッセイ「永遠なる子供エゴン・シーレ」を『文芸』に断続連載。三月、「袋の男」を『文学界』に発表。九月中旬より一五日間、日中文化交流協会の訪中作家代表団（団長・水上勉）に加わって中国を訪れる。以後、中国の文学者との交流を目的に訪中を重ねる。

**一九八四年**（昭和五九年）　五二歳

二月、「訪問者」（第一二話）を『群像』に発表して「群棲」完結、四月、『群棲』を講談社より刊行。本書により、第二〇回谷崎潤一郎賞を受賞。五月、『隠れ鬼』を新潮社より刊行、訪中作家代表団の共著『中国　心ふれあいの旅』（水上勉、中野孝次、井出孫六、黒井千次、宮本輝、鄧友梅、陳喜儒）を桐原書店より刊行。七月、『永遠なる子供エゴン・シーレ』を河出書房新社より、九月、ショート・ショート集『星からの1通話』を講談社より刊行。

**一九八五年**（昭和六〇年）　五三歳

一月より一九八六年一〇月まで「眠れる霧に」を『文学界』に連載。一一月、「おたかの道」（「たまらん坂」第三話）を『海燕』に発表。同月、建築家、原広司との長時間対談『ヒト、空間を構想する』を朝日出版社より刊行。

**一九八六年**（昭和六一年）　五四歳

四月から一年間、立教大学の非常勤講師として「現代小説論」を担当。四月より一〇月にかけて、随筆「北向きの窓から」を『朝日新聞』日曜日の家庭欄に連載。一〇月、「夜と光」を『群像』に発表。

**一九八七年**（昭和六二年）　五五歳

二月、戯曲「離れのある家」を『群像』に発表、劇団民芸により上演される。三月、「指」

を『文学界』に発表。四月より一〇月にかけて、小説「風の履く靴」を『高知新聞』ほか地方六紙に連載。一一月下旬から一四日間、外務省派遣の文化使節団（団長・團伊玖磨）に加わり、ユーゴスラビア、東ドイツ、ポーランド、ハンガリーの四ヵ国を訪問。この年上半期より芥川賞選考委員となり、現在に至る。

**一九八八年**（昭和六三年）　五六歳

一月、「涙」を『群像』に発表。五月、「たかはた不動」（第七話）を『海燕』に発表して、「たまらん坂」完結、七月、『たまらん坂』を福武書店より刊行。八月、『昭和文学全集第24巻（辻邦生・小川国夫・加賀乙彦・高橋和巳・倉橋由美子・田久保英夫・黒井千次）』が小学館より刊行され、自筆年譜を寄せる。

**一九八九年**（昭和六四年・平成元年）　五七歳

一月、「音」を『群像』に、「三叉路」を『海燕』に、二月、「黄金の樹」を『新潮』に発表。四月、野間宏『暗い絵・顔の中の赤い月』（講談社文芸文庫）に「解説」を寄せる。五月、『黄金の樹』を新潮社より刊行、『禁域』『春の道標』に続く自伝的小説となる。一〇月、「影」を『文学界』に発表。

**一九九〇年**（平成二年）　五八歳

一月、「夜の絵」を『群像』に、「知らない人達」を『海燕』に発表。同月より一九九一年六月にかけ、『文芸春秋』に「自画像との対話」を連載。

**一九九一年**（平成三年）　五九歳

一月、「庭の男」を『群像』に発表。五月より一二月にかけ、『読売新聞』（夕刊）に「捨てられない日」を連載する。

**一九九二年**（平成四年）　六〇歳

一月から一九九三年六月にかけて、「コ・コア色のノート」を『波』に連載。二月、「夜の友」を『文学界』に発表。一二月、『自画像との対話』を文芸春秋より刊行。

**一九九三年**（平成五年）　六一歳
一〇月、「ココア色のノート」を改題した『K氏の秘密』を新潮社より刊行。
**一九九四年**（平成六年）　六二歳
一月、「跨線橋」を『新潮』に発表。九月、『カーテンコール』を書き下ろしで講談社より刊行、同書にて、第四六回読売文学賞を受賞。
**一九九五年**（平成七年）　六三歳
一月、「声の巣」を『群像』に発表、七月、「嘘吐き」を『新潮』に発表。一〇月、『嘘吐き』を新潮社より刊行。
**一九九六年**（平成八年）　六四歳
二月、「夢の柵」を『文学界』に発表。六月、『戯曲の窓・小説の扉』を白水社から刊行。七月より一九九七年七月にかけて、「夢時計」を『東京新聞』ほか『中日新聞』、『西日本新聞』、『北海道新聞』のブロック三紙に連載。九月、「散歩道」を『新潮』に、一〇月、「影の家」を『群像』に発表。
**一九九七年**（平成九年）　六五歳
四月、「空の風」を『季刊文科』に発表。一一月、『夢時計』上下巻を講談社より刊行。
**一九九八年**（平成一〇年）　六六歳
一月、「浅いつきあい」を『文学界』に、「眼」を『新潮』に発表。
**一九九九年**（平成一一年）　六七歳
一月、編著書『エゴン・シーレ 魂の裸像』を二玄社より刊行。
**二〇〇〇年**（平成一二年）　六八歳
四月、「羽根と翼」を『群像』に発表。六月、第五六回日本芸術院賞受賞。七月、『羽根と翼』を講談社より刊行。八月、連作小説「日の砦」の第一話となる「祝いの夜」を『季刊文科』に発表。七月より二〇〇一年七月にかけて、「横断歩道」を『潮』に連載。一二月、「昼の火」（第二話）を『季刊文科』に発表。

**二〇〇一年**（平成一三年） 六九歳
一月、「電車の中で」を『群像』に発表。『羽根と翼』により、第四二回毎日芸術賞を受賞。五月、「日暮れの鍵」（第三話）、九月、「午後の影」（第四話）を『季刊文科』に発表。

**二〇〇二年**（平成一四年） 七〇歳
一月、「隣家」を『新潮』に発表。四月より武蔵野女子大学客員教授となる。同月、「冬の腰」（第五話）を『季刊文科』に発表。六月、日本文芸家協会理事長に就任。七月、「家族風呂」（第六話）を、一〇月、「雨の道」（第七話）を『季刊文科』に発表。

**二〇〇三年**（平成一五年） 七一歳
一月、「丸の内」を『群像』に、二月、「記録」を『新潮』に発表。六月、「耳と眼」（第八話）を『季刊文科』に発表。一〇月から一二月まで『群像』の「文芸時評」を担当。一二月、「家の声」（第九話）を『季刊文科』に発表。

**二〇〇四年**（平成一六年） 七二歳
一月、「一日」を『文学界』に、二月、「空地の人」（第一〇話）を『季刊文科』に、六月、「危うい日」を『新潮』に発表。同月、日本文芸家協会理事長に再選、作品の二次使用に関する著作権保護運動に尽力する。八月、『日の砦』を講談社より刊行。一一月、『新日本文学』終刊号に回想記「風と雨」を寄せる。

**二〇〇五年**（平成一七年） 七三歳
二月、「久介の歳」を『文学界』に、四月、「要蔵の夜」を『群像』に発表。六月二七日より随筆「時のかくれん坊」を『読売新聞』（夕刊）に掲載、月一度連載中。

**二〇〇六年**（平成一八年） 七四歳
一月、『一日　夢の柵』を講談社から刊行。四月から六月までNHKラジオ第二放送「こころをよむ」シリーズで「老いるということ」を語る。そのテキスト『老いるということと』を四月、NHK出版より刊行。六月、日本文芸家協会理事長任期満了。一〇月、「同行者」を『群像』に発表。一一月、ラジオのテキストに加筆した『老いるということ』を講談社現代新書として刊行。一二月、『一日　夢の柵』により、第五九回野間文芸賞受賞。

**二〇〇七年**（平成一九年）　七五歳

二月、「多年草」を『文学界』に発表。八月、『群像（特集　大庭みな子〝初めもなく終わりもなく〟）』の座談会「大庭作品と古典、外国文学、そして、共犯者」に、川村二郎、稲葉真弓とともに参加。

**二〇〇八年**（平成二〇年）　七六歳

三月、「小説の浮力と自重」を『武蔵野日本文学』に発表。定年により、武蔵野大学（旧武蔵野女子大学）を退く。四月、旭日中綬章受章。

本年譜作成にあたっては、小学館『昭和文学全集第24巻』所収の著者自筆年譜を参照し、また著者の一閲を得た。

**（篠崎美生子編）**

# 著書目録

黒井千次

## 【単行本】

| | | |
|---|---|---|
| 時間 | 昭44・8 | 河出書房新社 |
| 時の鎖 | 昭45・1 | 新潮社 |
| 見知らぬ家路 | 昭45・10 | 文芸春秋 |
| 走る家族 | 昭46・8 | 河出書房新社 |
| メカニズム№1 | 昭46・11 | 三笠書房 |
| 仮構と日常 | 昭46・12 | 河出書房新社 |
| 失うべき日 | 昭47・6 | 集英社 |
| 夢のいた場所 | 昭48・4 | 文芸春秋 |
| 彼と僕と非現実 | 昭48・10 | 講談社 |
| 夜のぬいぐるみ | 昭48・12 | 冬樹社 |
| 昼の目と夜の耳 | 昭49・4 | 潮出版社 |
| 風の絵本 | 昭49・6 | 講談社 |
| 風の中の紙飛行機 | 昭49・10 | 大和書房 |
| 歩行する手 | 昭50・2 | 平凡社 |
| 眼の中の町 | 昭50・7 | 河出書房新社 |
| 五月巡歴 | 昭52・2 | 河出書房新社 |
| 美しき繭 | 昭52・4 | 北洋社 |
| 小説家の時計 | 昭52・5 | 構想社 |
| 禁域 | 昭52・10 | 新潮社 |
| 家兎 | 昭53・5 | 講談社 |
| 家族展覧会 | 昭54・8 | 集英社 |
| 冬の手紙 | 昭55・2 | 中央公論社 |
| 任意の一点 | 昭55・7 | 弥生書房 |
| 春の道標 | 昭56・2 | 新潮社 |
| 父たちの言い分 | 昭56・6 | 新潮社 |
| 記録を記録する | 昭57・2 | 福武書店 |

働くということ　昭57・3　講談社
群棲　昭59・4　講談社
隠れ鬼　昭59・5　新潮社
永遠なる子供エゴン・シーレ　昭59・7　河出書房新社
星からの1通話　昭59・9　講談社
草の中の金の皿　昭60・2　花曜社
空の地図　昭60・10　筑摩書房
ヒト、空間を構想する（対談・原広司）　昭60・11　朝日出版社
石の落葉　昭61・2　筑摩書房
五十代の落書き　昭61・7　講談社
北向きの窓から　昭62・3　朝日新聞社
眠れる霧に　昭62・3　文芸春秋
風の履く靴　昭63・4　新潮社
たまらん坂　昭63・7　福武書店
穴と空　昭63・7　成瀬書房
銀座物語　平1・1　文芸春秋
黄金の樹　平1・5　新潮社
指・涙・音　平1・12　講談社
永遠なる子供エゴン・シーレ（増補新版）　平2・6　河出書房新社
捨てられない日　平4・4　読売新聞社
自画像との対話　平4・12　文芸春秋
K氏の秘密　平5・10　新潮社
カーテンコール　平6・9　講談社
嘘吐き　平7・10　新潮社
老いの時間の密度　平7・11　角川書店
夜更けの風呂場　平8・5　弥生書房
戯曲の窓・小説の扉　平8・6　白水社
永遠なる子供エゴン・シーレ（新装版）　平9・5　河出書房新社
珈琲記　平9・7　紀伊國屋書店
夢時計上・下　平9・11　講談社
エゴン・シーレ魂の裸像　平11・1　二玄社
羽根と翼　平12・7　講談社
横断歩道　平14・2　潮出版社

日の砦　平16・8　講談社
一日　夢の柵　平18・1　講談社
老いるということ　平18・11　講談社現代新書

【全集】

新鋭作家叢書（黒井千次集）　昭47　河出書房新社
現代の文学37　昭48　講談社
筑摩現代文学大系96　昭53　筑摩書房
昭和文学全集24　昭63　小学館

【文庫】

時間（解＝白川正芳）　昭50　角川文庫
失うべき日（解＝川村二郎）　昭52　集英社文庫
走る家族（解＝饗庭孝男）　昭53　集英社文庫
時の鎖（解＝高橋英夫）　昭54　集英社文庫
風の絵本（解＝高橋英夫）　昭55　講談社文庫
五月巡歴　昭57　河出文庫
春の道標（解＝宮本輝）　昭59　新潮文庫
群棲（解＝高橋英夫　案＝曾根博義　著）　昭63　文芸文庫
時間（解＝秋山駿　案＝紅野謙介　著）　平2　文芸文庫
星からの1通話（解＝吉行和子）　平2　講談社文庫
たまらん坂（解＝林望）　平7　福武文庫
五月巡歴（解＝増田みず子　案＝栗坪良樹　著）　平9　文芸文庫
石の話　黒井千次自選短篇集（解＝高橋英夫　著）　平16　文芸文庫
カーテンコール（解＝永井愛）　平19　講談社文庫
日の砦（解＝小池昌代）　平20　講談社文庫

本目録では特別なものを除き、編著、共著等は入れなかった。【文庫】は主要なものを挙げた。（ ）内の略号は、解＝解説　案＝作家案内　著＝著書目録を示す。また著者の一閲を得た。

（作成・篠崎美生子）

本書は、『たまらん坂　武蔵野短篇集』（一九九五年七月、福武文庫刊）を底本とした。明らかな誤植と思われる箇所は正し、振り仮名を適宜、増減したが、原則として底本に従った。

各収録作品の初出は以下の通り。

| | | |
|---|---|---|
| 「たまらん坂」 | 「海」 | 一九八二年七月号 |
| 「おたかの道」 | 「海燕」 | 一九八五年一一月号 |
| 「せんげん山」 | 「海燕」 | 一九八六年四月号 |
| 「そうろう泉園」 | 「海燕」 | 一九八六年一一月号 |
| 「のびどめ用水」 | 「海燕」 | 一九八七年一月号 |
| 「けやき通り」 | 「海燕」 | 一九八八年一月号 |
| 「たかはた不動」 | 「海燕」 | 一九八八年五月号 |

なお単行本は、一九八八年七月、福武書店より刊行された。

たまらん坂《ざか》 武蔵野《むさしの》短篇集《たんぺんしゅう》

黒井《くろい》千次《せんじ》

二〇〇八年七月一〇日第一刷発行
二〇二四年三月二一日第五刷発行

発行者――森田浩章
発行所――株式会社 講談社
東京都文京区音羽2・12・21 〒112-8001
電話 編集（03）5395・3513
販売（03）5395・5817
業務（03）5395・3615

講談社文芸文庫

デザイン――菊地信義
印刷――株式会社KPSプロダクツ
製本――株式会社国宝社
本文データ制作――講談社デジタル製作

定価はカバーに表示してあります。



ISBN978-4-06-290017-1

## 講談社文芸文庫

青木淳選──建築文学傑作選　青木 淳──解
青山二郎──眼の哲学|利休伝ノート　森 孝一──人／森 孝一──年
阿川弘之──舷燈　岡田 睦──解／進藤純孝──案
阿川弘之──鮎の宿　岡田 睦──年
阿川弘之──論語知らずの論語読み　高島俊男──解／岡田 睦──年
阿川弘之──亡き母や　小山鉄郎──解／岡田 睦──年
秋山駿──小林秀雄と中原中也　井口時男──解／著者他──年
芥川龍之介-上海游記|江南游記　伊藤桂一──解／藤本寿彦──年
芥川龍之介 谷崎潤一郎-文芸的な、余りに文芸的な|饒舌録ほか 芥川vs.谷崎論争　千葉俊二編　千葉俊二──解
安部公房──砂漠の思想　沼野充義──人／谷 真介──年
安部公房──終りし道の標べに　リービ英雄-解／谷 真介──案
安部ヨリミ-スフィンクスは笑う　三浦雅士──解
有吉佐和子-地唄|三婆 有吉佐和子作品集　宮内淳子──解／宮内淳子──年
有吉佐和子-有田川　半田美永──解／宮内淳子──年
安藤礼二──光の曼陀羅 日本文学論　大江健三郎賞選評-解／著者──年
李良枝──由熙|ナビ・タリョン　渡部直己──解／編集部──年
李良枝──石の聲 完全版　李 栄──解／編集部──年
石川淳──紫苑物語　立石 伯──解／鈴木貞美──案
石川淳──黄金伝説|雪のイヴ　立石 伯──解／日高昭二──案
石川淳──普賢|佳人　立石 伯──解／石和 鷹──案
石川淳──焼跡のイエス|善財　立石 伯──解／立石 伯──年
石川啄木──雲は天才である　関川夏央──解／佐藤清文──年
石坂洋次郎-乳母車|最後の女 石坂洋次郎傑作短編選　三浦雅士──解／森 英一──年
石原吉郎──石原吉郎詩文集　佐々木幹郎-解／小柳玲子──年
石牟礼道子-妣たちの国 石牟礼道子詩歌文集　伊藤比呂美-解／渡辺京二──年
石牟礼道子-西南役伝説　赤坂憲雄──解／渡辺京二──年
磯﨑憲一郎-鳥獣戯画|我が人生最悪の時　乗代雄介──解／著者──年
伊藤桂一──静かなノモンハン　勝又 浩──解／久米 勲──年
伊藤痴遊──隠れたる事実 明治裏面史　木村 洋──解
伊藤痴遊──続 隠れたる事実 明治裏面史　奈良岡聰智-解
伊藤比呂美-とげ抜き　新巣鴨地蔵縁起　栩木伸明──解／著者──年
稲垣足穂──稲垣足穂詩文集　高橋孝次──解／高橋孝次──年
井上ひさし-京伝店の烟草入れ 井上ひさし江戸小説集　野口武彦──解／渡辺昭夫──年

▶解=解説　案=作家案内　人=人と作品　年=年譜を示す。　2024年3月現在

| | | |
|---|---|---|
| 井上靖 | 補陀落渡海記 井上靖短篇名作集 | 曾根博義——解／曾根博義——年 |
| 井上靖 | 本覚坊遺文 | 高橋英夫——解／曾根博義——年 |
| 井上靖 | 崑崙の玉｜漂流 井上靖歴史小説傑作選 | 島内景二——解／曾根博義——年 |
| 井伏鱒二 | 還暦の鯉 | 庄野潤三——人／松本武夫——年 |
| 井伏鱒二 | 厄除け詩集 | 河盛好蔵——人／松本武夫——年 |
| 井伏鱒二 | 夜ふけと梅の花｜山椒魚 | 秋山 駿——解／松本武夫——年 |
| 井伏鱒二 | 鞆ノ津茶会記 | 加藤典洋——解／寺横武夫——年 |
| 井伏鱒二 | 釣師・釣場 | 夢枕 獏——解／寺横武夫——年 |
| 色川武大 | 生家へ | 平岡篤頼——解／著者——年 |
| 色川武大 | 狂人日記 | 佐伯一麦——解／著者——年 |
| 色川武大 | 小さな部屋｜明日泣く | 内藤 誠——解／著者——年 |
| 岩阪恵子 | 木山さん、捷平さん | 蜂飼 耳——解／著者——年 |
| 内田百閒 | 百閒随筆 II 池内紀編 | 池内 紀——解／佐藤 聖——年 |
| 内田百閒 | ［ワイド版］百閒随筆 I 池内紀編 | 池内 紀——解 |
| 宇野浩二 | 思い川｜枯木のある風景｜蔵の中 | 水上 勉——解／柳沢孝子——案 |
| 梅崎春生 | 桜島｜日の果て｜幻化 | 川村 湊——解／古林 尚——案 |
| 梅崎春生 | ボロ家の春秋 | 菅野昭正——解／編集部——年 |
| 梅崎春生 | 狂い凧 | 戸塚麻子——解／編集部——年 |
| 梅崎春生 | 悪酒の時代 猫のことなど —梅崎春生随筆集— | 外岡秀俊——解／編集部——年 |
| 江藤 淳 | 成熟と喪失 —"母"の崩壊— | 上野千鶴子—解／平岡敏夫——案 |
| 江藤 淳 | 考えるよろこび | 田中和生——解／武藤康史——年 |
| 江藤 淳 | 旅の話・犬の夢 | 富岡幸一郎—解／武藤康史——年 |
| 江藤 淳 | 海舟余波 わが読史余滴 | 武藤康史——解／武藤康史——年 |
| 江藤 淳<br>蓮實重彦 | オールド・ファッション 普通の会話 | 高橋源一郎—解 |
| 遠藤周作 | 青い小さな葡萄 | 上総英郎——解／古屋健三——案 |
| 遠藤周作 | 白い人｜黄色い人 | 若林 真——解／広石廉二——年 |
| 遠藤周作 | 遠藤周作短篇名作選 | 加藤宗哉——解／加藤宗哉——年 |
| 遠藤周作 | 『深い河』創作日記 | 加藤宗哉——解／加藤宗哉——年 |
| 遠藤周作 | ［ワイド版］哀歌 | 上総英郎——解／高山鉄男——案 |
| 大江健三郎 | 万延元年のフットボール | 加藤典洋——解／古林 尚——案 |
| 大江健三郎 | 叫び声 | 新井敏記——解／井口時男——案 |
| 大江健三郎 | みずから我が涙をぬぐいたまう日 | 渡辺広士——解／高田知波——案 |
| 大江健三郎 | 懐かしい年への手紙 | 小森陽一——解／黒古一夫——案 |

## 講談社文芸文庫

| | | |
|---|---|---|
| 大江健三郎 | 静かな生活 | 伊丹十三——解／栗坪良樹——案 |
| 大江健三郎 | 僕が本当に若かった頃 | 井口時男——解／中島国彦——案 |
| 大江健三郎 | 新しい人よ眼ざめよ | リービ英雄-解／編集部——年 |
| 大岡昇平 | 中原中也 | 粟津則雄——解／佐々木幹郎-案 |
| 大岡昇平 | 花影 | 小谷野 敦——解／吉田凞生——年 |
| 大岡信 | 私の万葉集一 | 東 直子——解 |
| 大岡信 | 私の万葉集二 | 丸谷才一——解 |
| 大岡信 | 私の万葉集三 | 嵐山光三郎-解 |
| 大岡信 | 私の万葉集四 | 正岡子規——附 |
| 大岡信 | 私の万葉集五 | 高橋順子——解 |
| 大岡信 | 現代詩試論｜詩人の設計図 | 三浦雅士——解 |
| 大澤真幸 | 〈自由〉の条件 | |
| 大澤真幸 | 〈世界史〉の哲学 1　古代篇 | 山本貴光——解 |
| 大澤真幸 | 〈世界史〉の哲学 2　中世篇 | 熊野純彦——解 |
| 大澤真幸 | 〈世界史〉の哲学 3　東洋篇 | 橋爪大三郎-解 |
| 大西巨人 | 春秋の花 | 城戸朱理——解／齋藤秀昭——年 |
| 大原富枝 | 婉という女｜正妻 | 高橋英夫——解／福江泰太——年 |
| 岡田睦 | 明日なき身 | 富岡幸一郎-解／編集部——年 |
| 岡本かの子 | 食魔 岡本かの子食文学傑作選 大久保喬樹編 | 大久保喬樹-解／小松邦宏——年 |
| 岡本太郎 | 原色の呪文 現代の芸術精神 | 安藤礼二——解／岡本太郎記念館-年 |
| 小川国夫 | アポロンの島 | 森川達也——解／山本恵一郎-年 |
| 小川国夫 | 試みの岸 | 長谷川郁夫-解／山本恵一郎-年 |
| 奥泉 光 | 石の来歴｜浪漫的な行軍の記録 | 前田 塁——解／著者——年 |
| 奥泉 光<br>群像編集部 編 | 戦後文学を読む | |
| 大佛次郎 | 旅の誘い 大佛次郎随筆集 | 福島行一——解／福島行一——年 |
| 織田作之助 | 夫婦善哉 | 種村季弘——解／矢島道弘——年 |
| 織田作之助 | 世相｜競馬 | 稲垣眞美——解／矢島道弘——年 |
| 小田実 | オモニ太平記 | 金 石 範——解／編集部——年 |
| 小沼丹 | 懐中時計 | 秋山 駿——解／中村 明——案 |
| 小沼丹 | 小さな手袋 | 中村 明——人／中村 明——年 |
| 小沼丹 | 村のエトランジェ | 長谷川郁夫-解／中村 明——年 |
| 小沼丹 | 珈琲挽き | 清水良典——解／中村 明——年 |
| 小沼丹 | 木菟燈籠 | 堀江敏幸——解／中村 明——年 |